Karen
Jennings

Eine
Insel

Karen
Jennings

Eine Insel

Roman

Aus dem Englischen
von Regina Rawlinson

Blessing

Das Buch erscheint unter dem Titel
AN ISLAND
bei Holland House Books, Newbury

MIX
Papier | Fördert
gute Waldnutzung
FSC® C014889
FSC
www.fsc.org

Penguin Random House Verlagsgruppe FSC® N001967

1. Auflage, 2022

Umschlaggestaltung: Bauer + Möhring, Berlin,
nach einem Entwurf von Anna Kochman
Umschlagabbildungen: Kehan Chen / Getty Images (Ozean),
Georgijevic / Getty Images (Mann)
Herstellung: Ursula Maenner
Satz: Leingärtner, Nabburg
Druck und Einband: Pustet, Regensburg
Printed in Germany
978-3-89667-738-9

www.blessing-verlag.de

Erster Tag

Zum ersten Mal lag ein Ölfass am Kiesstrand der Insel. Dabei war im Laufe der Jahre alles Mögliche angespült worden – zerfetzte Hemden, Taue, kaputte Plastikdeckel von Lunchboxen, geflochtene Zöpfe aus täuschend echt aussehendem Kunsthaar. Leichen. So auch heute wieder. Hingestreckt neben dem Fass, die eine Hand danach gereckt, als hätten beide, Leiche und Fass, die Reise zusammen angetreten und wollten nun nicht mehr voneinander lassen.

Durch eines der kleinen Fenster im Leuchtturm hatte Samuel, als er am Morgen vorsichtig nach unten gestiegen war, zunächst nur das Fass entdeckt. Er musste beim Treppensteigen gut aufpassen. Die alten Steinstufen waren die reinsten Stolperfallen – glatt und in der Mitte stark ausgetreten. Wo der Beton es zuließ, hatte er Eisengriffe montiert, aber auf dem Rest der Treppe musste er sich mit ausgebreiteten Armen an den Wänden entlangtasten, um nicht aus dem Gleichgewicht zu geraten.

Das Fass war aus Plastik, blau wie ein Blaumann, und während Samuel zum Strand hastete, dümpelte es vor ihm in der Dünung. Die Leiche sah er erst, als er unten angekommen war. Er machte einen Bogen darum und besah sich das Fass aus der Nähe. Es war so dick wie ein Präsident und hatte, soweit er erkennen konnte, weder Risse noch Löcher.

Er hob es vorsichtig an. Es war leer, das Spundloch dicht. Trotz des geringen Gewichts war es erstaunlich unhandlich. Mit seinen knotigen Händen würde es Samuel nicht gelingen, es über den steinigen Strand, die Felsen und auf dem sandigen Weg durch Gestrüpp und Gräser nach oben, bis zu seinem kleinen Haus neben dem Leuchtturm zu bugsieren. Wenn er es schaffte, sich das Fass mit einem Seil auf den Rücken zu binden, bräuchte er die alte Holzschubkarre nicht zu holen, die mit ihrem halb zersplitterten Rad überall hängen blieb und dauernd umkippte, weil sie so schwer war.

Ja, das Fass huckepack zu nehmen wäre wohl die beste Lösung. Anschließend würde er aus dem Sammelsurium aus morschen Planken und Planen im Hof seine rostige Bügelsäge ausgraben, das Blatt abschmirgeln und so gut wie möglich schleifen, das Fass oben aufsägen und an die Hausecke stellen, wo immer die Regenrinne überlief, um darin Wasser für den Gemüsegarten zu sammeln.

Samuel ließ das Fass los. Es taumelte auf dem unebenen Untergrund hin und her und klatschte gegen den Arm des Toten. Den hatte er völlig vergessen. Er seufzte. Es würde ihn den ganzen Tag kosten, die Leiche zu beseitigen. Den ganzen Tag. Erst abtransportieren und dann begraben – wobei auf der felsigen Insel mit der dünnen Sandschicht ein Begräbnis sowieso nicht infrage kam. Ihm blieb nichts anderes übrig, als den Toten mit Steinen zu bedecken, wie er es seit Jahren mit allen angespülten Leichen machte. Aber dieser Tote war ein ziemlich großer Brocken. Nicht von der Breite her, aber von der Länge. Doppelt so lang wie das Fass, als hätte ihn der Seegang durch die Mangel gedreht.

Er hatte kräftige Arme, unverhältnismäßig kräftig im Verhältnis zu seinem nackten Oberkörper mit der scharf hervortretenden Wirbelsäule und den deutlich sichtbaren Rippen. Auf den Schulterblättern kräuselten sich feine schwarze Härchen, genau wie unten auf dem Rücken, am Bund der grauen Denim-Shorts. Die gleichen Löckchen, zu klein für einen Mann seiner Größe, fanden sich auch an den Beinen und Zehen, an den Unterarmen und auf den Fingern. Samuel war verwirrt. Solche Haare hatte sonst nur ein neugeborenes Tier oder ein Baby, das zu lange im Mutterleib gewesen war. Was war das für ein Geschöpf, das der Ozean hier auf den Steinen geboren hatte?

Während die Vormittagssonne höher stieg, überzogen sich die ersten Löckchen mit silbrigen Salzkristallen. Auch das Kopfhaar des Toten war grau, grau vom Sand. An der Stirn und dem einen geschlossenen Auge, das Samuel sehen konnte, klebten Sandkörner. Der Rest des Gesichts war gegen die Schulter gepresst.

Samuel knurrte unwillig. Die Leiche musste warten. Das Fass ging vor. Wenn das Meer den Toten am nächsten Morgen nicht wieder mitgenommen hatte, konnte er immer noch ein paar Felsbrocken spalten, bis er genügend kleinere Steine beisammenhatte, um ihn zuzudecken.

Im dreiundzwanzigsten Jahr als Leuchtturmwärter war es seine zweiunddreißigste Leiche. Zweiunddreißig namenlose Leichen, die keiner haben wollte. Anfangs hatte Samuel die Leichen noch gemeldet, als die Regierung neu und der Versprechungen viele waren, als nach einem Vierteljahrhundert der Diktatur das Chaos herrschte und man noch versuchte, die Toten und Vermissten zu finden. Beim ersten Mal waren Beamte gekommen, ausgestattet mit Klemmbrettern und einem Dutzend Leichensäcken, und hatten die Insel nach verscharrten Opfern abgesucht, nach zwischen den Felsen eingeklemmten Überresten, nach Knochen und Zähnen, im kiesigen Sand zu Bröckchen zerfallen.

»Sie verstehen«, erklärte die Frau, die das Sagen hatte, während sie am Absatz ihres Lackschuhs eine Schramme inspizierte. »Wir haben es versprochen. Wir müssen alle finden, die unter dem Diktator gelitten haben, um als Nation voranschreiten zu können. Außerhalb der Hauptstadt haben meine Kollegen auf einer Wiese ein Grab mit mindestens fünfzig Leichen entdeckt. Ein anderer Kollege ist im Wald auf die Überreste von sieben Erhängten gestoßen. Die noch an den Bäumen hingen, nach all der Zeit! Wer weiß, wie viele wir hier bei Ihnen finden? Sicher jede Menge, davon bin ich überzeugt. Die Insel eignet sich ideal als Deponie.«

»Meinen Sie?«

»Aber ja, sehen Sie sich doch um.« Sie machte eine weit ausholende Geste. »Meilenweit keine Menschenseele. Nicht einer, der etwas sieht oder hört oder tut.« Sie beugte sich zu ihm, senkte die Stimme. »Man munkelt, dass es geheime Lager gegeben haben soll, ähnlich wie Konzentrationslager, Todescamps für Dissidenten. Natürlich wissen wir noch nicht, ob das wirklich der Wahrheit entspricht. Wir haben bis jetzt keine Beweise dafür gefunden, aber meinen Sie nicht auch, dass man sich so etwas durchaus hier vorstellen könnte? Ein Camp für Todgeweihte?«

Weil Samuel nicht antwortete, wandte sich die Frau von ihm ab und rief einem Mann aus dem Team etwas zu, tippte auf ihre Armbanduhr. »Weitersuchen«, sagte sie, nachdem er den Kopf geschüttelt hatte. Sie drehte sich wieder zu Samuel um. »Erst wenn wir die Toten gefunden haben, kann der Heilungsprozess beginnen. Für die Nation, für uns alle. Vorher können sich die Wunden nicht schließen. Aber dafür brauchen wir die Leichen.«

Als sich ihre Mitarbeiter nacheinander mit leeren Händen bei ihr einfanden, die angespülte Leiche als einzige Ausbeute des Tages, lief sie, ohne sich zu verabschieden, zum Boot – ein überstürzter Abschied. Samuel hörte nie wieder etwas von ihr, genauso wenig wie von ihrer Abteilung. Weder erfuhr er, was aus seinem Toten geworden noch wer er gewesen war.

Monate oder vielleicht sogar ein ganzes Jahr später fand er drei kleine Leichen. Ein Junge, ein Mädchen, ein in eine Decke gewickeltes Baby lagen nebeneinander am Strand. Damals funktionierte das Funkgerät des Leuchtturms noch, und er hatte seinen Fund ans Festland durchgegeben. Die Frau rief ihn zurück, ihre Stimme klang statisch abgehackt.

»Was für eine Hautfarbe haben sie?«

»Wie bitte?«

»Was für eine Hautfarbe? Die Leichen. Was für eine Hautfarbe?«

Er schwieg.

»Ich muss es wissen. Sind sie dunkler als wir – also dunkelhäutiger? Sind sie dunkler als Sie und ich?«

»Ich glaube schon.«

»Und der Gesichtsschnitt? Sind die Gesichter länglicher? Was für Wangenknochen haben sie?«

»Ich weiß nicht. Es sind Kinder. Sie sehen aus wie Kinder.«

»Hören Sie, wir haben alle Hände voll zu tun. Mit echten Verbrechen. Mit tatsächlichen Gräueltaten, ja? Wir können nicht jedes Mal auf die Insel kommen, wenn irgendwelche Ausländer auf der Flucht ertrinken. Die gehen uns nichts an.«

»Und was soll ich mit ihnen machen?«

»Das ist uns egal. Wir wollen sie jedenfalls nicht haben.«

Damals hatte er bereits angefangen, den Gemüsegarten hinter dem Haus anzulegen. Von seinem Lohn hatte er auf dem Festland Mutterboden, Saatgut und Stecklinge bestellt und zum Schutz der jungen Pflänzchen rundum eine Trockenmauer gebaut. Dafür hatte er auf der Insel alle ziegelgroßen Steine eingesammelt und so lange auf- und ineinandergeschichtet, bis die Konstruktion hoch und lang genug war. Danach ließ er sich einen Vorschlaghammer kommen und rückte damit den großen Steinen und Felsbrocken an der Küste zu Leibe. Die Trümmer benutzte er ebenfalls als Baumaterial. Ganz allmählich veränderte sich die Gestalt der Insel. Ein Hubschrauberpilot, der regelmäßig darüber hinweggeflogen wäre, hätte bemerkt, wie sich die kleinen Buchten nach und nach verbreiterten und aus scharf gezackten Linien sanfte Biegungen wurden.

Samuel zog die Mauer hoch, bis die ganze Insel dahinterlag. In diese äußere Schutzwand baute er die Leichen ein. Meistens durchsuchte er sie vorher, ob sie irgendwelche Papiere bei sich hatten, doch er fand nie etwas Brauchbares in ihren Taschen. Höchstens einmal, in der Faust eines alten Mannes, ein zu Brei zerquetschtes Bündel Geldscheine. Samuel begrub ihn mit dem Geld. Er mauerte die Toten möglichst weit von seinem Häuschen entfernt ein, damit ihn der Verwesungsgeruch nicht erreichen konnte. Trotzdem zogen sie Möwen an, die wochenlang kreischend über der Stelle kreisten und versuchten, pickend zu ihnen vorzudringen. Mit der Zeit lernte er, die Hohlstellen im Fuß der Mauer zu verstärken, sodass sie unten etwas ausbeulte. Trotzdem gelangten manchmal Möwen in das Loch und pickten an den Leichen herum. Wo die Toten ungestört blieben, sank oft die Mauer über ihnen ein.

Samuel stupste und stieß die Leiche neben dem Fass mit dem Fuß an. Dadurch bewegte sich der Arm, der Kopf rollte auf die Seite, und plötzlich war das Gesicht ganz zu sehen. Kurz klappten die Augen auf. Aus der Kehle kam ein Knurren, und die Finger der ausgestreckten Hand zuckten, tippten auf einen Kiesel.

Samuel wich erschrocken zurück. »Hallo«, sagte er leise. »Hallo.«

Der Mann regte sich nicht mehr, aber in seinem Hals sah Samuel jetzt das Blut pochen, ein gleichmäßiges Pulsieren, während das Meer fauchend über die Steinchen und wieder zurück lief.

Samuel zählte mit. Fünfzig Schläge. Zweihundert, Dreihundertfünfzig. Bei fünfhundert drehte er sich zu dem Plastikfass um, schlang mühsam die Arme darum und hievte es hoch. Blind stolperte er den Strand hinauf. Jenseits der Flutmarke legte er das Fass auf die Seite, keilte es mit Steinen fest und ging noch einmal zu dem Mann zurück. Nachdem er wieder hundert Pulsschläge gezählt hatte, machte er sich auf den ausgetretenen Pfaden, die sich nie veränderten, auf den Weg den Inselberg hinauf.

Als er zurückkehrte, waren die Möwen da. Aus wenigen Metern Entfernung stürzten sie, heiser krächzend, immer wieder mit gesenktem Kopf blitzschnell auf den Mann zu. Als sich eine von ihnen flügelschlagend bis zu seinem rechten Bein vorwagte und versuchsweise in seine Shorts hackte, kam Samuel den sandigen Weg herunter, die schwere Schubkarre vor sich herschiebend.

»Weg da! Verschwindet! Weg mit euch!«

Die Vögel flogen auf, aber nicht sehr hoch, während Samuel sich durch die Felsen hinunter auf den Kiesstrand mühte. Neben dem Mann blieb er stehen. Er nahm ein Seil aus der Schubkarre und wickelte es zweimal um die Mitte des Fasses, zweimal um die Längsachse. Dann band er es an einem hohen Felsblock fest. Auf dieser Seite der Insel gab es keine Bäume, nur trockenes, blattloses Gestrüpp, das bei der leisesten Berührung zerbrach.

Er ging zu dem Mann zurück, schob ihm die Hände unter die Arme und versuchte, ihn zur Schubkarre zu ziehen, aber er bewegte sich nicht vom Fleck. Wahrscheinlich hing er irgendwo fest. Ächzend zog und riss Samuel an ihm. Bald taten ihm die Arme weh, sein Kreuz brannte. Ein loser Stein riss ihm den Fuß weg, und er stürzte mit einem Aufschrei nach hinten um. Der Mann landete auf ihm. Nasse

Ausländerhaare, Ausländerschweiß, Ausländeratem. Er wälzte ihn von sich herunter, stand auf. Die langen, drahtigen Achselhaare des Mannes rissen in Büscheln aus, als Samuel an ihm herumzerrte. Sie blieben an seinen verschwitzten Handgelenken und Unterarmen kleben und krochen ihm unter die Fingernägel. Bevor er den nächsten Versuch unternahm, spülte er Hände und Arme im Meer ab.

Als er es nach mehreren Minuten geschafft hatte, den Mann mit den Schultern auf die Schubkarre zu wuchten, musste er, mit dem Gesäß ans Holz gelehnt, erst einmal wieder zu Atem kommen. Schließlich ging er auf die andere Seite und zerrte den Oberkörper ganz hoch. Die Haut blieb an dem splitternden Holz hängen, der Kopf rollte gegen einen der Griffe, die Arme hingen über den Rand hinunter. Er packte sie in die Karre, quetschte sie hinein. Nun ragten nur noch die Beine steif heraus – ein komischer Anblick.

Ihm selbst zitterten inzwischen die Beine. Und die Hände. Er hockte sich einen Augenblick in den Sand, blickte über das Wasser bis zu dem Nebel am Horizont. Der Gedanke war schon da, bevor er ihn aussprach: »Ich bin alt.« Wie erschrocken über die Worte, rappelte er sich hastig auf, packte die rissigen Fersen des Mannes und drückte, bis die Knie nachgaben und Ober- und Unterschenkel ein Dreieck bildeten. Dann stemmte er die Füße rechts und links in die Ecken der Karre, nahm ein zweites Seil und flocht es so lange um und über den Mann, bis Füße, Knie und Arme gefesselt waren. Der große Körper lag da wie ein Stück Holz, wirkte geschrumpft und verformt.

Trotz dieser Vorsichtsmaßnahme kippte und wippte er hin und her und stupste mit dem Kopf gegen Samuels Hand, während die Karre über die Steine rumpelte. Das Rad fuhr sich bei jeder Umdrehung fest. Wenn er den Ruck schon vorher kommen sah, räumte er das Hindernis vorsorglich aus dem Weg und besah sich den Schaden am Rad, bevor er die Karre weiterschob.

Einmal stöhnte der Mann auf, und Samuel wartete vergeblich darauf, ob er die Augen öffnen würde. Weiter ging es durch den nassen Sand des vom Wasser ausgespülten Hohlwegs zwischen den Felsen, der so eng war, dass die Seiten der Schubkarre daran entlangschleiften und sich der Mann das Knie blutig schürfte.

Schließlich hatten sie den Felstunnel und damit auch fast den Strand hinter sich und vor sich nur noch die steile Böschung mit dem lockeren grauen Sand. Prompt blieb das Rad wieder stecken. Die Schubkarre ließ sich keinen Schritt mehr vorwärtsschieben. Samuel konnte nicht mehr, er ließ die Karre stehen. Er hatte alles versucht. Mehr konnte er nicht tun. Er würde den Mann losbinden und ihm, wenn er aufwachte, etwas zu essen und Wasser bringen, vielleicht sogar eine Decke. Das musste wirklich reichen.

Er gab sich doch noch einmal einen Ruck. Er wendete die Schubkarre im weichen Sand und zog sie rückwärts den Weg hinauf. Seine Arme fühlten sich dünn wie Papier an, als könnte es sie jederzeit zerreißen. Wieder blieb das Rad hängen, wieder landete er auf den Knien. Er bestand nur noch aus Sand. Sand in den Schuhen, in den Taschen, in den Falten seiner Hände. Er startete einen allerletzten Versuch.

Von der Inselmitte her wehte ein Windhauch, eine sanfte Brise durch gelbe Gräser, und dann erreichte er einen festen Weg, gesäumt von kleinen rosa Blumenpolstern und gründornigem Unkraut. Darüber erhob sich der Leuchtturm.

Ehemals weiß, zuletzt frisch verputzt Mitte des letzten Jahrhunderts, bevor die Kolonialmacht das Land seiner Unabhängigkeit und sich selbst überlassen hatte, war die Farbe längst abgeblättert und der Turm grau geworden. Der Rost des altersschwachen Eisengeländers der Plattform, die um das Lampenhaus herumlief, hatte orangefarbene Streifen an der Außenwand hinterlassen. Der Boden der Plattform bestand aus lockeren Planken, zwischen denen immer wieder Löcher klafften. Wenn Samuel am Fuß des Turms stand und direkt nach oben sah, rahmten die übrig gebliebenen Bretter ein Stück Himmel ein, je nach Uhr- oder Jahreszeit mit Wolken, Sternen, Sonne oder Mond. Falls er sich stark genug fühlte, wagte er sich alle zwei Wochen auf die Plattform hinaus. Er klammerte sich an allem fest, was nicht wackelte, und putzte die Scheiben der Laterne mit einem nassen Lappen, den er um einen Stock gewickelt hatte, zuletzt erst vor ein paar Tagen. Ihm war schwindelig, wenn er wieder nach unten stieg, der Mund stand ihm halb offen, und sein Blickfeld war schwarz verengt. Heute spiegelten die Scheiben den wolkenlosen Himmel, die scharfen Strahlen der Mittagssonne.

Auf halber Höhe hatte sich kürzlich ein tiefer Riss von der Länge her fast verdoppelt und führte nun einmal ganz um den Turm herum. Keiner würde sich darum kümmern, genauso wenig wie um den Verputz, das Geländer, die Planken oder das Funkgerät.

Am Fuß des Turms wuchsen kurze, struppige Bäume, die Stämme und Äste vor dem vorherrschenden Wind nach Westen geneigt, sodass es aussah, als wären sie auf der Flucht; und so manches Mal, wenn er morgens aus dem Haus kam, hätte es Samuel kaum verwundert, wenn sie sich tatsächlich über Nacht davongemacht hätten.

Als er sich dem von der Mauer eingefassten Hof näherte, hob lautes Gegacker an. Er schob die ausrangierte Falltür, die ihm als Tor diente, beiseite und sagte gutmütig: »Ist ja gut, Mädels. Ihr könnt jetzt den Schnabel halten. Ich bin wieder da. Ich bin hier.«

Weil sie sich Hoffnung auf Futter machten, stürzten die Hühner, sieben an der Zahl, auf ihn zu.

»Nein, ich hab nichts für euch. Verschwindet, jetzt haut schon ab«, sagte er, während er die Schubkarre die letzten paar Meter schob. Er zog sie über die Schwelle ins Haus, zerrte sie durch die kleine dunkle Diele, vorbei an den Kleiderhaken, Anoraks, Hüten und abgetretenen Stiefeln, ins Wohnzimmer.

Eine kleine Henne lief ihm hinterher, die alte mit den roten Federn, die mit ihren Artgenossinnen nicht gut auskam. Samuel fehlte die Kraft, sie wieder hinauszuscheuchen, auch wenn die Hühner ganz genau wussten, dass sie im Haus nichts verloren hatten. Er kniete sich hin, damit sie zu ihm kam. Sie pickte in seinen leeren Händen herum und ließ sich von ihm den Rücken streicheln, während er die kahlen Stellen an ihrer Brust und an den Beinen betastete, wo sie attackiert worden war. Die Wunden waren verheilt. Bald würden hoffentlich auch die Federn nachwachsen.

»Also dann«, sagte er nach einer Weile und setzte sie wieder auf dem Boden ab.

Er band die Seile los. Dann kippte er die Schubkarre vorsichtig zur Seite, bis der Mann auf dem abgewetzten Teppich landete. Samuel ordnete seine Arme und Beine, streckte seinen Hals, untersuchte das Knie, das aufgehört hatte zu bluten, holte ein altes Kissen und legte es ihm unter den Kopf. Das Huhn kam gackernd näher und trippelte einmal von oben bis unten an dem Mann entlang.

Samuel ging in die Küche, trank zwei Gläser Wasser und setzte sich an den Tisch, auf dem noch Krümel vom Frühstück und die Reste eines Brotlaibs lagen. Samuel backte in seinem alten Gasofen zweimal in der Woche ein Brot. Er hatte sich das Brotbacken im Laufe der Jahre selbst beigebracht und so lange getüftelt, bis er ein Rezept kreiert hatte, mit dem er zufrieden war. Er fegte mit breiter Hand über den Tisch, wischte sich die Krümel in die offene Hand und versuchte, mit leisen Geräuschen die Henne anzulocken. Doch die interessierte sich nicht für ihn, sondern trippelte leicht aufgeplustert um den Mann auf dem Fußboden.

»Dummes Ding.« Er beugte sich, ohne aufzustehen, über das Waschbecken und warf die Krümel hinein. »Das tut dir nachher noch leid, wenn du dich mit den anderen ums Futter streitest.«

Das Huhn hatte sich wieder beruhigt. Es lag neben den Beinen des Mannes, die Augen fielen ihm zu. Samuel sah sich den Fremden näher an. Breiter Mund, schmaler Unterkiefer. Er hatte keinerlei Gesichtsbehaarung, noch nicht einmal Augenbrauen. War vielleicht so um die Mitte dreißig, hätte aber durchaus auch älter oder jünger sein können. Einen Fingerbreit vom Ohrläppchen entfernt, pochte sein Puls. Wieder zählte Samuel unwillkürlich mit. Eins. Zwei. Drei. Vier. Fünf. Sechs.

Wie lange würde der Mann wohl noch leben? Wie lange in Samuels Haus auf Samuels Teppich liegen? Er trommelte mit den Fingern auf den Tisch, fuhr sich mit der Hand durchs Gesicht. Würde das jetzt so weitergehen? Mit der dauernden Unruhe in seinen vier Wänden? In dem Heim, das seit mehr als zwei Jahrzehnten Einsamkeit nur ihm gehörte? Würde es so bleiben? Mit diesem Atem, diesem Pulsschlag, dieser Jugend, diesem Leben, die sich das kleine Häuschen aneigneten, in Boden und Wände eindrangen? Seine Kehle schnürte sich zusammen, panisch rang er nach Atem.

Er redete sich Mut zu. Für den nächsten Tag erwartete er das Versorgungsschiff, das alle zwei Wochen kam. Wenn es da war, würde er ihnen den Mann übergeben. Sie mussten ihn mitnehmen. Sie hatten die Pflicht dazu.

Als wollte der Mann auf dem Fußboden ihn und seine Gedanken verhöhnen, trat auf seiner Stirn eine Ader hervor, vor Leben fast berstend.

Samuel sprang auf und stolperte durch die Tür nach draußen. Er wollte das Fass holen. Wenn er zurückkam, war der Mann hoffentlich tot.

Nachdem er sich das Fass, das er huckepack trug, vom Rücken losgebunden und es in den Hof gestellt hatte, musste er sich kurz an der Mauer abstützen. Seine Beine wollten nicht mehr. Fast hätte er sich erst einmal ein paar Minuten auf den kalten Boden gesetzt, aber dann riss er sich zusammen und drückte die Schultern durch. Beim Anblick der offenen Tür, die in die dunkle Diele führte, ging er nicht weiter zum Haus, sondern stapfte zum Leuchtturm.

Die tief stehende Sonne schien ihm grell ins Gesicht. Blinzelnd schirmte er mit der Hand die tränenden Augen ab. Dabei rauschte es ihm seltsam in den Ohren, einer Mischung aus Hitze und Atem gleich, und er konnte nicht anders, als sich zu der offenen Tür umzudrehen.

Für ihn hörte es sich so an, als seufzte das Haus. Als söge es die Inselluft durch die Tür in sich ein und atmete die verbrauchte Luft aus dem Inneren wieder aus.

Der Mann lebte noch. Das war der einzige Gedanke, zu dem Samuel fähig war. Er konnte nur an den Atem des Mannes denken. Nicht an seine eigene Erschöpfung und an die Schmerzen, nicht an seinen Hunger, ja, noch nicht einmal an seinen Wunsch, selbst im Haus zu sein, auf der Couch zu liegen und vielleicht bei einem Nickerchen wieder zu Kräften zu kommen.

Aber er konnte das keuchende Loch nicht betreten. Wenn er auch nur einen Fuß hineinsetzte, würde er ersticken, es wäre sein Tod.

Etwas regte sich in ihm. Etwas entfaltete sich, öffnete sich nach außen, wurde größer und größer, bis es seine Brust, seine Arme, seine Kehle bedeckte. Bis er mürbe war und ächzte. Er fasste sich ins Gesicht, doch er fühlte nur raspelnde Stoppeln und darunter papierdünne Haut.

Nein, er konnte das Haus nicht betreten. Aber zum Strand konnte er auch nicht mehr, nicht auf seinen müden Beinen. Selbst wenn er es sich zugetraut hätte, wäre er nicht wieder runtergegangen. Jetzt nicht mehr, nachdem der Strand ein Ort des Grauens geworden war.

Es regte und entfaltete sich weiter in ihm, es zerrte an ihm, machte ihn so dünn und gestaltlos, dass ihn der Wind jeden Augenblick hätte hochheben und wegtragen können.

Im Hof warteten die Hühner gackernd auf die abendliche Fütterung. Samuel ging zum Futterkasten, der neben dem Haus stand, klappte den schweren Deckel hoch und griff nach der Emailtasse, die oben auf den Körnern lag. Sie war armeegrün und hatte einen kreisrunden Rostfleck, der bis rauf zum Rand und darüber hinaus reichte. Auch am Boden, am Griff und an anderen Stellen zeichneten sich kleine Verfärbungen ab. Gegen den Widerstand der Körner tauchte Samuel die Tasse in den Kasten, bis sie sich gefüllt hatte und schwer geworden war. Mit seinen dicken Fingern, die nach den Anstrengungen des Tages stark angeschwollen waren, sah es so aus, als hielte ein Riese ein Tässchen aus einem Teeservice für Kinder in der Pranke. Er streute das Futter aus und holte noch zwei, drei weitere Portionen aus dem Kasten, bis die Fütterung beendet war. Die Hühner pickten die Körner so eifrig aus dem Staub, als hätten sie die Insekten und Würmer, nach denen sie den ganzen Tag gescharrt hatten, völlig vergessen.

Ihm knurrte der Magen; er hatte seit dem Morgen nichts gegessen. Er warf sich ein paar Körner in den Mund. Sie schmeckten nach Staub, nach dem hölzernen Kasten, in dem sie aufbewahrt wurden. Um sie zu kauen, fehlten ihm mittlerweile die Zähne, also lutschte er sie, ließ sie von Backentasche zu Backentasche wandern.

Solange es noch hell war, musste er die Eier einsammeln. Er suchte unter den Büschen, in Kuhlen, im Hühnerstall, aber er fand nur drei. Zwischen einigen Steinen lagen die Überreste eines weiteren, die Schale zerbrochen und mit Dotter bekleckert. Eierschalenscherben fanden sich auch auf der Mauer und neben dem Weg. Wie viele mochten die Möwen wohl noch geraubt haben? Die kleine rote Henne legte schon länger nicht mehr. Sie war zu alt und zu krank. Früher hätte er ihr einfach den Hals umgedreht, sie gekocht und gegessen. Er bekam sowieso nicht oft genug Fleisch auf den Teller. Aber jetzt hielt ihn jeden Tag etwas anderes davon ab, und er redete sich ein, dass sie bloß mehr Futter, mehr Ruhe brauchte, um wieder auf die Beine zu kommen.

Plötzlich brach in der Hühnerschar ein heftiger Zank aus. Als er sich umdrehte, sah er, dass die anderen Hennen über die kleine Rote, die sich wieder nach draußen getraut hatte, hergefallen waren. Flügelschlagend hackten sie auf sie ein, dass kleine Federn durch die Luft stoben und langsam zu Boden sanken. Samuel legte die drei Eier weg, ging hinüber und hob die kleine Rote aus dem Getümmel. Ihr Gefieder war zerzaust, sie hatte einen Blutfleck über dem Auge und einen zweiten auf ihrer kahlen Brust. Als Samuel sie zu dem kleinen Stall brachte, den er vor ein paar Tagen aus Treibholz und einem Fischernetz für sie gebaut hatte, gackerte sie ängstlich. Er streichelte ihr den Rücken und brachte ihr eine eigene Portion Futter, aber sie hockte bloß mit geschlossenen Augen da und ließ sich noch nicht mal mit der Hand füttern.

Er richtete sich auf. Das Gegacker der anderen Hühner ließ nach, und sie machten sich wieder über ihre Körner her. Im Gemüsegarten nahm er eine Plastikkiste, die an der Mauer lehnte, schüttelte die Spinnen und Insekten heraus, die sich seit dem letzten Abend darin niedergelassen hatten, und ging pflückend durch die Reihen. Dabei war ihm klar, dass er heute nicht nur für einen, sondern für zwei Esser erntete.

Er baute hier andere Pflanzen an als das Gemüse, das er aus seiner Kindheit kannte, das auf dem Land seiner Eltern gediehen war, in dem Tal, das er als grün und warm in Erinnerung hatte. Sie hatten ihm beigebracht, wie man Mais pflanzte und erntete, Maniok und Grünkohl, wie man gegen die Bäume schlagen musste, um die Mangos und Kokosnüsse herunterzuholen. Samuel brachte seiner kleinen Schwester, die von der Mutter noch auf dem Rücken getragen wurde, Bananen. Zufrieden mampfend schmierte sie sich das ganze Gesicht damit ein.

Sein Garten auf der Insel ähnelte eher dem der Missionsschule, dem Gebäudekomplex am Ende des Tals, zu dem er jeden Morgen mit den Nachbarsjungen gegangen war. Oft übten sie unterwegs das Vaterunser, jeder Junge mit einer eigenen Version, sodass sie sich gegenseitig durcheinanderbrachten, bis von dem Gebet nur noch ein sinnloser Wortsalat übrig war, für den sie in der Schule geschlagen wurden.

Die Schüler pflanzten, jäteten, pflückten und aßen das Obst und das Gemüse aus dem Missionsgarten, Kürbisse, so groß wie der Kopf einer Kuh, Blumenkohl und Brokkoli, seltsame lila Knollen, die alles rosa färbten, sogar den Urin.

Das geerntete Gemüse, das sie an der Küchentür abliefern mussten, bekamen sie am nächsten Tag, zu einem fad schmeckenden grauen Brei verkocht, als Mittagessen vorgesetzt.

Samuel pflegte den Garten, wie er es von seinen Eltern und den Missionaren gelernt hatte. Er achtete darauf, dass die Reihen gerade waren, er jätete das Unkraut und pflückte nie mehr, als er brauchte. Er reicherte die sandige Inselerde mit Kompost an, spannte Netze, um die Pflanzen vor den Vögeln zu schützen, wie sein Vater es mit Sackleinen gemacht hatte. Die Missionare bestraften so die Jungen, die ihre Lektion nicht gelernt hatten. Sie mussten einen Tag lang Vogelscheuche spielen und zwischen den Beeten eine Handglocke läuten, ohne auch nur ein einziges Mal aus dem Rhythmus zu geraten.

Kindheitstage im heimischen Tal, verhaltenes Glockengebimmel, grüne Insekten, Gesänge und Gebete, ein schwerer Kürbis auf dem Arm, Essen im Mund und die Glocke, die das Wachstum im Garten ständig begleitete. Erinnerungen, nicht mehr als ein Geschmack oder ein Duft, zu fern, um viel zu gelten.

Er machte die Blechgießkanne voll und goss die Beete. Anschließend bückte er sich und prüfte mit dem Finger, ob das Wasser auch tief genug in die Erde eingesickert war. Es wurde langsam dunkel. Er ging die letzte Reihe sehr langsam ab, befühlte ausgiebig die feuchte Erde, berührte die Blätter. Nachdem er sich wieder aufgerichtet hatte, entdeckte er das Unkraut. Als er auf die Insel gekommen war, hatte er die Pflanze Wucherkraut getauft, weil sie überall wuchs, die

Wände von Haus und Turm hochkletterte und das ganze Land bedeckte.

»Dagegen kommst du nicht an«, hatte sein Vorgänger Joseph zu ihm gesagt. »Du kannst dir die Insel nicht unterwerfen. Die macht, was sie will.«

Aber so schnell steckte Samuel nicht auf. Er hatte das ganze erste Jahr damit verbracht, das Wucherkraut auszumerzen. Trotzdem fand er immer noch Woche für Woche mindestens ein neues Pflänzchen, so wie jetzt, frech und dreist zwischen zwei Mauersteinen hervorsprießend. Er riss es mitsamt der Wurzel aus und warf es auf die versengte Betonplatte neben dem Wasserhahn. Er traktierte das Unkraut mit brennenden Streichhölzern und sah zu, wie es sich krümmte und zusammenschrumpelte. Er hörte erst auf, als er sich sicher war, dass die Pflanze komplett zerstört war und nie wieder hochkommen würde.

Der Mann war nicht tot, als Samuel sich endlich wieder ins Haus wagte. Im Gegenteil, er war zur Couch gekrochen und lehnte mit dem Rücken daran, die Arme auf dem Sitz ausgebreitet, als hätte er versucht aufzustehen.

»Was machst …?«, begann Samuel, aber seine Kehle war ausgetrocknet, und die Worte wollten nicht heraus. Er sammelte Spucke im Mund, schluckte, löste ein paar Körner aus seiner Backentasche und versuchte es noch einmal. »Was machst du da?«

Der Mann hob den Blick. Das Weiße seiner Augäpfel war gelb, die Pupillen waren starr. Er sagte ein Wort, das Samuel nicht verstand; aber vielleicht hatte er es auch nur nicht richtig gehört. Er ging einen Schritt vor, und der Mann wiederholte das Wort, streckte die Hand aus wie ein Bettler, wie Samuel selbst es als Kind gemacht hatte, zusammen mit seiner Schwester, nachdem die Familie in die Stadt vertrieben worden war. Und dann auch später, im mittleren Alter, nach dreiundzwanzig Jahren Gefängnis, die Hände arthritisch wie die eines alten Mannes, als er wieder zum Betteln auf die Straße geschickt worden war. Aber diesmal hatte er weder ein kleines Kind dabei noch den Bonus der Jugend, um sich gegen die Trupps fliegender Händler durchzusetzen, die an den Straßenkreuzungen die Ampeln belagerten. Fleischspieße,

Bananen, Brathähnchen, Stofftiere, Holzschnitzereien. Alles ein einziges Habenwollen. Ein ständiges Kaufen und Verkaufen inmitten des Verkehrs, während knochendürre Hunde zwischen den Autos nach Abfällen suchten.

Der Mann streckte die Hand noch einmal aus, aber diesmal führte er sie zum Mund, als hielte er eine Tasse. Er wiederholte das Wort.

»Wasser?«, fragte Samuel und ging in die Küche. Er nahm eine orangefarbene Plastiktasse mit Zweifingergriff aus dem Schrank. Eine Kindertasse mit abgekautem Rand, spröde und brüchig, wie das Meer sie angespült hatte. Ausrangiert und weggeworfen oder irgendwo am Strand verloren und von einer Welle mitgenommen.

Er machte sie voll und brachte sie ins Wohnzimmer. Obwohl die Hände des Mannes zitterten, gelang es ihm, die Tasse zu halten und zum Mund zu führen. Unter lautem Schmatzen trank er so gierig, dass ihm das Wasser auf die Brust und die noch nassen Shorts schwappte. Er hustete und schnaubte. Wasser lief ihm aus der Nase. Er wischte es sich von den Lippen, hielt Samuel die Tasse hin. Er schüttelte sie und gab heiser ein Wort von sich. Er wollte mehr.

Samuel ging wieder in die Küche und drehte den Hahn zu weit auf, sodass das Wasser schäumend herausschoss und die Tasse nur halb voll wurde. Beim zweiten Versuch füllte er sie mit einem leisen Rinnsal bis zum Rand.

Wieder trank der Mann in großen Zügen, aber diesmal verschüttete er schon weniger. Als er ausgetrunken hatte, ließ er die Hand sinken, die schlanken Finger in den Kindergriff der Tasse verhakt. Tropfen fielen auf den Teppich. Der Mann schloss die Augen, lehnte den Kopf nach hinten, leckte sich die Lippen und schluckte. Dann machte er die Augen wieder auf, erst das eine, dann das andere. Er sah Samuel an und sagte etwas.

Samuel schüttelte den Kopf. »Ich verstehe dich nicht.«

Der Mann versuchte, sich vom weichen Sitz der Couch zum Stehen hochzudrücken, ohne einen Laut von sich zu geben, das Gesicht zu einer Grimasse mit blendenden Zähnen verzerrt. Samuel wich ein paar Schritte zurück. Er wollte diesen Körper nicht noch einmal berühren. Der Mann schaffte es, sich auf die Couch zu stemmen.

»Deine Sachen sind nass. Du musst etwas anderes anziehen. Ist dir nicht kalt?«

Der Mann nickte, als hätte er ihn verstanden. Dann kippte er der Länge nach zur Seite, den Kopf am anderen Couchende, mit dem langen Oberkörper knapp auf den Sitz passend, und ihm fielen die Augen zu.

Er besaß nur ein scharfes Messer. Es hatte einen stabilen Holzgriff und war, bevor ein Stück von der Klinge abgebrochen war, perfekt ausbalanciert gewesen. Durch jahrelanges Nachschleifen hatte die Klinge eine ungewöhnliche Form bekommen, unten erst breit und dann rasch spitz zulaufend. Es war nur eine Frage der Zeit, bis sie wieder abbrechen würde.

Samuel nahm den Topf mit den Bohnen, die er am Morgen eingeweicht hatte. Sie waren dick aufgequollen, halbe Schalen, die sich abgelöst hatten, schwammen im Wasser. Er spülte die Bohnen unter fließendem Wasser ab und suchte im Schrank unter der Spüle nach dem größten Topf, den er hatte. Er stand ganz hinten. Samuel wusch ihn aus, wischte den staubigen Deckel ab, gab die Bohnen mit frischem Wasser hinein und setzte sie zum Kochen auf. Es war eine Einmannportion, genau abgemessen, aber heute musste sie für zwei reichen.

Er putzte das Gemüse, kratzte eingetrockneten Vogelkot mit den Fingernägeln ab und überprüfte alles gründlich nach wurmstichigen Stellen und Löchern, durch die sich ein Insekt hineingebohrt haben könnte. Fand er etwas Verdächtiges, stach er es mit der Messerspitze aus und warf die Bröckchen in den Ausguss, um sie später wegzuspülen. Er nahm sich das Schneidebrett, das am Wasserhahn lehnte. Es roch nach Zwiebeln, ein Geruch, der, sooft er das Holz auch schrubbte, die Jahre überdauerte und sich auf seine Finger übertrug. Manche Gemüsesorten schälte er, alle würfelte er und sortierte sie in zwei Haufen – hart und weich. Nach einer Weile gab er das harte Gemüse in den Topf und nahm Salz und Pfeffer aus dem Schrank über der Spüle. Beides würde nicht mehr lange reichen. Er kippte die letzten Reste in den Topf, rührte mit dem Kochlöffel um und stellte die leeren Gewürzstreuer wieder zurück. Morgen würde das Versorgungsschiff Nachschub bringen.

Samuel stutzte, hielt verärgert inne. Jetzt hatte er es doch glatt vergessen. Ihm war vollkommen entfallen, dass er Dünger bestellt hatte. Er hätte den Boden dafür vorbereiten müssen. Zu spät, es war schon dunkel. Aber wenn er früh genug aufwachte, konnte er es vielleicht schaffen. Mit dem Messer durch die Luft fahrend, teilte er sich den Garten im Geiste in überschaubare Abschnitte auf.

Nein. Nein, er würde warten. Bis der Mann weg war, bis die Insel wieder ihm gehörte.

Er rührte das weiche Gemüse in den kochenden Eintopf, wischte den Küchenschrank ab und warf die Schalen in den Eimer für die Hühner. Die Samen legte er beiseite, um sie später wieder auszusäen. Zuletzt wusch er noch das Messer und das Hackbrett ab. Ein Wurm, der bis ans Ende der Spüle gekrabbelt war, versuchte, an einer Seite des Beckens nach oben zu kommen. Samuel bespritzte ihn mit Wasser, bis er sich krümmte und in den Abfluss gespült wurde, der bereits die anderen verschlungen hatte.

Auf einmal stand der Mann in der Tür, in den Sachen, die Samuel ihm rausgelegt hatte. Der Pullover war zu kurz, genau wie die Hose.

»Möchtest du etwas essen?«, fragte Samuel.

Der Mann sah ihn verständnislos an.

Samuel zeigte auf seinen Bauch, seinen Mund, den Topf auf dem Herd. »Hast du Hunger?«

Der Mann lächelte. Er nickte.

Samuel deutete auf den Tisch und den Stuhl. Für sich holte er einen dreibeinigen Schemel aus dem Wohnzimmer, der mit roten Farbklecksen und alten Holzwurmlöchern übersät war. Nachdem er einen eisernen Untersetzer auf den Tisch gelegt hatte, zog er Topfhandschuhe an und stellte den Eintopf hin.

Er hielt inne. Er besaß nur einen einzigen Teller, den er für sämtliche Mahlzeiten benutzte. Einen zweiten hatte er noch nie gebraucht. Dabei gab es in Wahrheit doch noch einen – einen Kuchenteller mit Goldrand aus einer Spendenkiste, der trotz seiner Sprünge und Macken im Wohnzimmer einen Ehrenplatz bekommen hatte. Als Samuel ihn aus dem anderen Krempel zutage gefördert hatte, stellte er sich vor, dass er früher den Tisch des ersten Präsidenten geziert hatte – eine Tafel im Prunksaal des Palastes, an dem unter funkelnden Kronleuchtern einhundert Gäste gleichzeitig Platz fanden.

»So sieht das Afrika der Zukunft aus! So sieht das Afrika von heute aus!«, hatte der Präsident verkündet. Er ließ Fotos an die Presse verschicken und Flugblätter drucken, die unter den Armen und den Analphabeten in den Slums verteilt wurden. »Wir schaffen es auch ohne die Kolonisatoren! Seht, was wir in der Unabhängigkeit schon erreicht haben!«

Samuel wusste nicht mehr, ob man auf den Schwarz-Weiß-Fotos das Muster des Geschirrs erkennen konnte, aber er erinnerte sich, dass er seinem Vater ein Flugblatt mitgebracht hatte, um ihm die Nachricht des Präsidenten zu zeigen, für den er gekämpft hatte. »Echtes Chinaporzellan«, hatte der über das Essservice gestaunt, weshalb Samuel Jahre später seinen gespendeten Teller mit China in Verbindung brachte und glaubte, darauf wären Szenen aus jenem fernen Land abgebildet. Aber Chimelu, der Matrose vom Versorgungsschiff, dessen Frau Edith für eine Wohltätigkeitsorganisation arbeitete und ihm die Kiste geschickt hatte, wusste es besser. »Chinaporzellan ist das Zeug, woraus der Teller gemacht ist. Siehst du? Er kommt aus England.« Er drehte den Teller um und las, mit dem Finger mitfahrend, laut vor: »Made in England. Jetzt weißt du's. Wie ich's gesagt habe.«

Das Muster war blau auf weißem Grund. Es zeigte ein Schloss mit einem Turm, der ihn an seinen Leuchtturm erinnerte, bloß ohne Licht.

»Die Häuser da hinten waren in echt bestimmt braun.« Chimelu zeigte, über Samuels Schulter gebeugt, was er meinte. »Das davor nennt man Rasen. Eigentlich so was wie Gras, ja? Aber viel kürzer und weich und sehr grün. Und das hier ist ein See. Siehst du den kleinen Mann da in seinem Angelkahn? Genau wie du.«

»Ich hab doch gar keinen Kahn.«

»Nein, ich meine, dass er ganz alleine ist. Wahrscheinlich ist er der König. So, wie du quasi der König von deiner Insel bist, ja?«

Samuel sah sich den Teller noch einmal an. Der See war von hohen, dicht belaubten Bäumen umstanden und von Blumenbeeten gesäumt.

»Ich wette, das ist ein uralter Teller, wahrscheinlich eine wertvolle Antiquität. Ganz was Besonderes«, sagte Chimelu.

»Ach was«, widersprach ihm John, der andere Matrose. »Setz ihm keine Flausen in den Kopf. Da steht's doch drauf: Souvenir Bothwell Castle. Die gibt's bestimmt wie Sand am Meer. Da ist nichts Besonderes dran.«

»Das ist mir egal«, sagte Samuel. Noch am selben Abend hatte er aus Draht eine Halterung für den Teller gebastelt und ihn an die Wand gehängt.

Nein, davon konnte er nicht essen. Stattdessen benutzte er den kleinen Topf, in dem er die Bohnen eingeweicht hatte, als Essgeschirr. Er teilte den Eintopf aus, gab dem Mann eine Gabel mit langen Zinken und schwarzem Plastikgriff und nahm sich selbst einen Blechlöffel.

Der Mann schlang das Essen hinunter, hielt nur einmal kurz inne, um sich lachend den Bauch zu reiben, zum Beweis, dass es ihm schmeckte. Als er fertig war, hielt er Samuel in der Hoffnung auf Nachschlag den Teller hin. Samuel wurde wütend. Hatte er ihm etwa nicht zu essen gegeben? Na also. Seine Pflicht war getan. Sollte er den Mann etwa mästen?

Plötzlich musste er daran denken, wie er nach der Entlassung aus dem Gefängnis bei seiner Schwester am Küchentisch gesessen und zu Abend gegessen hatte, genauso wie heute der Mann bei ihm. Mary hatte ihn angesehen, während er kaute, und gesagt: »Mein Gott, was fange ich bloß mit dir an? Du bist bloß ein unnützer Esser.«

Samuel runzelte die Stirn und betrachtete nachdenklich den Teller, den der Mann ihm hinhielt, hier, in seiner eigenen Küche. Mit einer müden Handbewegung, als hätte er ihm nichts mehr entgegenzusetzen, bedeutete er ihm, dass er satt war. »Bedien dich. Du kannst alles haben.«

Der Mann schien ihn zu verstehen. Er zog sich den Topf herüber, kippte ihn auf die Seite und schaufelte den Eintopf auf den Teller. Die Stückchen, die danebengingen, klaubte er mit den Fingern auf und steckte sie sich in den Mund. Er kratzte den Topf aus und leckte den Kochlöffel blank. Als er merkte, dass er beobachtet wurde, hielt er inne. Er sagte etwas und zeigte auf sich, auf seinen langen Oberkörper, seinen Bauch. Mit einem Lachen schüttelte er den Kopf. Er hatte einen Witz gemacht. Dann beugte er sich wieder über den Teller, schob das Essen mit dem Finger auf die Gabel. Nach jedem Bissen leckte er sich die Finger. Seine Lippen glänzten.

Samuel stand auf, um den Abwasch zu machen. Er konnte es nicht mehr mitansehen.

Beim Spülen suchte Samuel nach dem schwarzen Halbmond auf dem Topfboden. Das Essen war angesetzt, angebrannt. Es hatte bitter geschmeckt, und auch der beißende Geruch hing noch in der Luft. Trotzdem waren im Topf keinerlei Brandspuren zu sehen.

Samuel schnupperte, den Kopf in den Nacken gelegt. Es war unverkennbar: Irgendetwas hatte gebrannt oder brannte noch. Aber er konnte die Ursache für den Geruch nicht finden. Seine Nase fing an zu jucken, als ob er niesen müsste, die Augen tränten. Ekel und eine jäh aufkommende Angst trafen ihn wie eine Faust in die Magengrube, sodass ein Teil der Mahlzeit in Bröckchen wieder hochkam und die Säure in seinem Rachen brannte. Er schluckte, er hustete. Er hatte Angst, sich umzudrehen, sich überhaupt zu bewegen. Er stützte sich mit dem ganzen Gewicht am Küchenschrank ab. Der Geruch ließ ihn nicht los.

Aus weiter Ferne die Erinnerung an einen Mann, der redete: ein schnauzbärtiger junger Mann im Anzug mit einem Hut auf dem Schoß. Er redete so laut auf das höchstens achtzehn Jahre alte Mädchen auf dem Platz neben ihm ein, dass Samuel, der drei Reihen weiter hinten saß und noch ein Neuling bei solchen Versammlungen war, jedes Wort verstand und von den Reden, dem eigentlichen Grund, warum er gekommen war, nicht viel mitbekam. Das Mädchen hatte einen schmalen Mund und geschminkte Lippen. In ihren durchstochenen Ohrläppchen hingen kleine Goldreife. Sie wandte sich von dem Mann mit der lauten Stimme ab und blickte sich um, ohne merklich den Kopf zu bewegen, als wäre ihr die Situation peinlich, als wollte sie wissen, wer etwas davon bemerkt hatte. Samuel fing ihren Blick auf, lächelte nervös und zog komisch die Augenbrauen hoch, während der Mann neben ihr immer weiterredete: »... du weißt, warum man das darüber sagt?« Als sie unwillig den Kopf schüttelte, um ihn abzuservieren, fasste er das als Ermutigung auf.

»Man sagt, dass er – also der Geruch nach gebackenem Brot – das Letzte ist, was man riecht, bevor man stirbt. Dass einem von allen Gerüchen auf der Welt ausgerechnet dieser eine verrät, dass die Lebensuhr abgelaufen ist! Deswegen weiß ich, dass wir auf dem Treffen hier sicher sind. Es riecht nicht danach. Da kommt keine Razzia auf uns zu.« Er lachte laut, hielt seinen Hut fest und lachte noch einmal. Zwei Plätze neben Samuel stand Meria halb von ihrem Stuhl auf und zischte über die Reihen hinweg: »Jetzt halt endlich die Schnauze. Wir wollen zuhören.«

Bei dieser Erinnerung wurden Samuel die Knie so weich, dass sie gegen die Schranktür stießen. Dann war es also so weit. Er würde sterben. Mit siebzig Jahren, mit einem Fremden auf seiner Insel. Jetzt, wo alles drunter und drüber ging, hatte ihn der Brandgeruch eingeholt. Er verstärkte sich, wurde schwer und erstickend.

Er war wieder ein Junge im Tal seiner Kindheit – doch es war nicht mehr grün. Orange und schwarz loderten die Flammen, alle Felder, alle Pflanzen brannten. Uniformierte, mit Gewehren und Fackeln bewaffnete Männer stampften die lehmigen Pfade entlang und steckten alles an, was sie finden konnten: Häuser, Zäune, Wäscheleinen, auch die Hühner, von fluchenden, lachenden Männern mit schweren Stiefeln aus dem Weg gekickt. Andere schwangen Messer, Macheten und sonstige scharfe Gegenstände, mit denen sie dem Vieh die Kehle durchschnitten. Ziegen röchelten Blut, Kühe fielen auf die Knie und kippten zur Seite, eine auf die andere. Irgendwo schrie ein Esel. Er brüllte und brüllte, bis das Brüllen erstarb.

Sie rannten vor den Flammen und der Asche davon. Vor ihnen kam eine alte Frau aus einer Tür gestolpert, mit den dünnen Armen fuchtelnd. »Hilfe! Mein Haus brennt, Hilfe!«

Samuels Vater blieb nicht stehen, sah sie nicht an. Seine Mutter rief: »Großmutter, du musst hier weg. Du kannst nicht bleiben. Lauf hinter uns her. Renn, wenn du kannst.«

Aber die Alte tappte wehklagend auf den nächstbesten Mann zu, krallte sich in sein beigefarbenes Hemd, zog an seinem Ärmel, an der Hand, die das Gewehr hielt. Sie war ein kleines Persönchen, reichte ihm nur bis zum Ellenbogen. »Hilfe«, sagte sie. »Hilfe, Hilfe, Hilfe.«

Samuel und seine Familie hatten die Frau hinter sich gelassen. Als er sich noch einmal nach ihr umdrehte, schoss ihr das Blut aus dem Gesicht. Im Weiterlaufen sah er, wie ihr Kiefer klapperte, wie sie die Augen zum Himmel verdrehte.

Ein Dolmetscher, dessen Akzent sie nicht kannten, gab die Vertreibung bekannt. Das Ackerland sei ab jetzt Eigentum der Kolonisatoren. »Auf Befehl des Gouverneurs sollt ihr wieder zurück in die Berge gehen, wo Affen wie ihr hingehören. Es ist nicht mehr euer Land. Ein Hoch dem König, ein Hoch dem großen Empire.«

Anfangs glaubten sie ihm nicht. Wer sollte sie von hier, wo sie seit unzähligen Generationen lebten, vertreiben? Doch dann kamen die Männer, die sie lehrten, dass keiner bleiben durfte. Man nahm ihnen ihr Land.

Sie konnten nichts mitnehmen auf ihrer Flucht, und sie konnten nie wieder stehen bleiben. Auch nicht, als die Mutter stolperte und hinfiel und sich die kleine Schwester, die sie auf dem Rücken trug, so böse den Kopf anschlug, dass sie in Sekundenschnelle eine Beule bekam. Bis dahin hatte sie nur geweint, jetzt brüllte sie. Aber sie rannten weiter, unter Blut und Spucke, verfolgt von der schwarzen Wolke aus dem brennenden Dorf, die sie vor sich hertrieb, immer weiter und weiter, dem blauen Himmel entgegen.

Die vor ihnen geflohen waren, hatten das Land und die Dörfer kahl- und leergefressen. Sie verschonten nichts, wie gefräßige Heuschrecken ließen sie nur Stängel, Knochen und geplünderte Nester zurück, zogen eine Spur des Hungers hinter sich her.

Die meisten nahmen, ohne zu fragen, und manche nahmen auch mit Gewalt. Sie brachen in Häuser ein, sie drohten und mordeten. In den Dörfern rotteten sich Banden zusammen, zahlenmäßig so stark, dass sie die Geschäfte plünderten und Säcke mit Mehl und Bohnen wegschleppten. Die Nachzügler stocherten in den Resten nach dem, was sie übrig gelassen hatten. Eine Handvoll Erdnüsse, eine angeschimmelte Süßkartoffel. Samuels Familie nahm sich nichts. Der Vater verbot es. »Man hat uns gestohlen, was uns gehört«, sagte er. »Wir wissen, wie es ist, beraubt zu werden. Wie können wir da anderen das Gleiche antun?«

»Aber es gibt etwas zu essen, Vater, und wir haben Hunger«, antwortete Samuel.

»Komm mir nicht so. Weißt du nicht mehr, was du gelernt hast? Von mir – und von den Missionaren? Was du nicht willst, das man dir tu, das füg auch keinem anderen zu. Denk daran, Gott sieht dich immer. Er sieht jedes Verbrechen, auch wenn er hoch oben im Himmel wohnt.«

»Nur eine Banane vom Baum. Mehr nicht. Zum Teilen.«

Ohne auf ihn einzugehen, hinkte Samuels Vater wie mit gefesselten Füßen weiter voran. Links hatte er sich so viele Blasen gelaufen, dass er nur noch auf der Fersenkante gehen konnte.

Als es Abend wurde, hockten sie sich abseits der Straße unter einen Baum. Samuel konnte das Schmatzen der Schwester, die an der Brust der Mutter nuckelte, kaum ertragen. Die Beule an ihrem Kopf war dick und hart, von einem fast schillernden Rot. Daneben saß der Vater mit geschlossenen Augen und gefalteten Händen, unaufhörlich Gebete vor sich hin flüsternd. Der Boden war feucht. Das Baby schmatzte. Der Vater murmelte. An Samuel nagte der Hunger, so heftig und stark, als wäre es Gott selbst.

In der Küche hatte die Erinnerung an das Feuer den Brandgeruch verdrängt. Jetzt roch es nach Essen. Er stellte den abgewaschenen Topf zum Trocknen neben die Spüle. An den Händen hatte er die Schärfe der Zwiebeln, zu seinen Füßen kringelten sich die Gemüseschalen im Eimer. Hinter ihm schlürfte und kaute es. Etwas milder gestimmt, drehte er sich zu dem Mann um, der den Teller mit dem Finger sauber wischte. Hätte ihm an dem Tag, als das Tal brannte, jemand einen Teller mit Essen gegeben, hätte er wahrscheinlich auch um Nachschlag gebeten. Er konnte einem Fliehenden nicht vorwerfen, dass er Hunger hatte.

Die Toilette war hinter dem Haus. Früher hätte man durch eine rückwärtige Tür in der Küche höchstens zehn Schritte bis dahin gebraucht. Aber einer von Samuels Vorgängern hatte die Tür von innen zugemauert, sodass sie nur noch von außen zu sehen war. Sie hatte keine Klinke mehr, in dem rostigen Schlüsselloch steckte ein alter Pfropfen aus Zeitungspapier, und durch die Fenster, bei den meisten fehlte die Scheibe, blickte man auf dicke Mörtelfugen und schiefe Reihen kaputter Ziegelsteine.

Samuel zeigte dem Mann, wo die schwere schwarze Taschenlampe in der Diele hing, knipste sie an und führte ihn um den Turm herum zur Toilette. Die kurze Tür ließ oben und unten einen handgelenkbreiten Spalt frei, sodass in dem fensterlosen Kabuff für ein bisschen Luft und Licht gesorgt war, auch wenn Samuel sich kaum einmal damit aufhielt, die Tür von innen zu schließen.

Der Fußboden war leicht eingesunken. Samuel tippte dem Mann auf die Schulter und warnte ihn mit dem Kegel der Taschenlampe vor der Stufe. Weil die Senke bei Regen gern volllief, hatte Samuel zwei Ziegelsteine auf den Boden gelegt, beinbreit nebeneinander. Das Kabuff war so klein, dass er sich an dem Mann vorbeiquetschen und ihn dann in die Türöffnung schieben musste, um ihm, die Füße auf die

Steine stellend und dabei ein wenig in die Hocke gehend, zu zeigen, wofür sie gut waren.

Der Mann runzelte die Stirn.

Samuel schüttelte den Kopf und winkte ab. Egal. Es würde in der Nacht sowieso nicht regnen.

Die Steine hatten drei Löcher in der Mitte, in denen Spinnen lebten, genau wie hinter der Tür und in den Ecken. Dicke graue Spinnweben hingen von der Decke. Der Mann war so groß, dass er sich ducken und sie sich von der Stirn wischen musste.

Samuel zeigte ihm die zwei Rollen Toilettenpapier, die auf einem umgedrehten Baumstumpf standen. Es war dünnes Papier, das billigste, das es gab, leicht strukturiert mit kleinen Pocken. Samuel riss ein Blatt ab, zeigte auf die Toilettenschüssel, schüttelte noch einmal den Kopf und sagte: »Nein, nein, nein.« Dann warf er das zusammengeknüllte Blatt in einen Eimer mit Deckel, der neben der Toilette stand. Einmal in der Woche wurde das Papier verbrannt. Den Arm an die Wand gepresst, blickte er sich um, ob es noch etwas zu erklären gab. Der abgeplatzte Putz bröckelte unter seinem Gewicht, Krümel verfingen sich in seinem Pullover. Er machte »Ah!« und bedeutete dem Mann, mit ihm die Plätze zu tauschen. Links neben der Toilette hing eine Kette, die mit dem Wassertank unter der Decke verbunden war. Samuel hatte ein zerbrochenes Glied durch eine Drahtschlaufe ersetzt. Aus reiner Rücksicht zeigte er dem Mann die geflickte Stelle, damit er sich nicht womöglich die Hand daran aufriss. Für ihn selbst war sie sowieso zu hoch. Samuel zog zweimal fest an dem Ring, der unten an der Kette hing, und schon rauschte das Wasser in die Schüssel, in der sich dunkel der Urin eines ganzen Tages gesammelt hatte. Die Männer sahen zu, wie sie sich mit dem Regenwasser aus dem Blechtank auf dem Dach füllte und wieder leerte. Das Abwasser verschwand in den Tunneln, die Samuel selbst ausgehoben hatte – es hatte ihn Jahre gekostet, die harte Erde aufzugraben, Jahre schwerer Arbeit, damit seine Scheiße ins Meer fließen konnte. Er hätte gern erklärt, dass man sparsam sein musste und nur einmal am Tag spülen durfte, aber weil er nicht wusste, wie er es sagen sollte, versuchte er es gar nicht erst.

Ein Waschbecken gab es nicht. Samuel brachte den Mann zu dem Wasserhahn im Garten, an dem ein aus alten Lumpen genähter Beutel hing. Darin bewahrte er Seifenreste auf. Er führte vor, wie man den Beutel nass machte, ihn rubbelte, bis er schäumte, und sich dann Gesicht, Hände und Hals damit wusch. Dass er dem anderen extra Wasser auf dem Herd warm machte, musste nicht sein. Wie und wo der Mann sich gründlich waschen konnte, dafür waren zum Glück bald andere verantwortlich.

Er selbst besaß weder eine Zahnbürste noch Zahnpasta. In seiner Kindheit hatte es das nicht gegeben. Er nahm stattdessen einen Finger mit Asche oder ein weich- und breitgekautes Ästchen dafür her. Zahnpasta hatte er erst nach seiner Entlassung aus dem Gefängnis kennengelernt, als er bei seiner Schwester wohnte. Seine sechzehnjährige Nichte hatte sich mit grün lackierten Nägeln die Nase zugehalten und sich beklagt, er hätte Mundgeruch, seine Zähne wären kaffeebraun.

»Hast du dich im Gefängnis nicht gepflegt?«, fragte Mary Martha.

»Es gab keine Seife und nichts. Manchmal haben sie unsere Sachen gewaschen, aber alles andere mussten wir selber bezahlen oder uns von Freunden und Verwandten schicken lassen.«

»Ach ja, dann ist es also meine Schuld? Ich musste schließlich eine Familie durchbringen. Unsere Eltern – denk mal an Daddy – und meine zwei Kinder, die ich ganz alleine großgezogen habe. Oder siehst du hier irgendwo einen Ehemann? Nein, denn es gibt keinen. Es hat nie einen gegeben. Und dabei habe ich, wie du vielleicht gemerkt hast, Lesi noch nicht mal erwähnt, dein Kind, das ich aufnehmen musste, weil seine Eltern Verbrecher waren. Wer sonst hätte das gemacht? Wer sonst? Keiner von deinen Genossen und Kumpeln. Nicht einer. Nur ich. Ich hab ihn aufgenommen. Und du sitzt da und jammerst mir die Ohren über Zahnpasta voll.«

»Nein, Schwester, ich jammere nicht. Du hast so viel für mich getan.«

Als er später, eine Hand am Hals, aus dem Badezimmer kam und fragte: »Muss das so brennen?«, fuhr sie ihn an: »Großer Gott, du hast das Zeug doch nicht etwa gegessen? Sogar Daddy hat noch gelernt, wie man sich die Zähne putzt. Sogar er wusste, wie es geht.«

Samuel ließ den Mann im Toilettenhäuschen zurück und ging auf den Hof. Der Abend war klar, der Himmel sternenschwer, das Weiß des Leuchtturms gut zu erkennen. Nachts zeigte er sich immer von seiner besten Seite, der bei Tageslicht so gedrungene Turm, dem man die Verwüstungen durch die Elemente ansah. Nachts wirkte er hoch, ja, sogar majestätisch, und der Putz leuchtete hell. Von seiner Spitze fiel der Strahl, zeigte weg von der Insel, glitt über das stille schwarze Meer hinweg, strich über den dunklen Felsen eine halbe Meile weit draußen, auf dem die Seevögel schliefen.

Das Leuchtfeuer blinkte im Takt Eins-zwei-Pause-eins-zwei-Pause über Insel und Meer hinaus, während im Festlandshafen auf der anderen Seite der Bucht ein rotes Licht leuchtete und dahinter tausend glühende Pünktchen die Stadt markierten. Eine Stadt, die schwimmend im schwarzen Meer zu liegen schien, ohne jemals vom Fleck zu kommen.

Der Mann in der Toilette hustete. Wie lange würde er wohl noch brauchen? Es wehte ein kalter Wind, pfeifend und heulend, wo er auf Fensterritzen stieß oder sich zwischen Ästen hindurchkämpfen musste. Samuel ging zum Baum neben dem Turm, nahm den Kopf zwischen die Schultern und hielt sich dicht neben dem Stamm, während er sein Wasser abschlug.

Der blinkende Lichtstrahl wanderte weiter. Aber Samuel war beunruhigt. Die Pause zwischen den Impulsen dauerte zu lange. Nicht viel. Eine halbe Sekunde. Eine Sekunde. Wie ein Herzschlag, der sich verlangsamte. Vielleicht brauchte das Getriebe Öl. Als er einen Schritt auf die Leuchtturmtür zu machte, erfasste ihn der Wind und blies ihm auf dem Rücken die Jacke bis zum Kopf hoch. Er zog sie runter und stapfte mit schweren Schritten zurück zum Haus. Das Getriebe musste bis morgen warten. Heute war er zu müde. Ihm taten alle Knochen weh. Ausgeschlossen, dass er zur Laterne raufstieg. Morgen. Morgen.

Es war noch früh. Erst sieben oder halb acht. Er setzte sich auf die Couch und lehnte aufseufzend den Kopf zurück. Da drückte ihn etwas Weiches in den Nacken, etwas Fremdes. Samuel griff hinter sich. Es waren die Shorts des Mannes. Er hatte sie auf die Rückenlehne gelegt. Zusammengeknüllt. Sie waren dunkel, beziehungsweise ursprünglich dunkel gewesen, aber jetzt nur noch grau verwaschen und mit Salzrändern übersät.

Samuel hätte sie am liebsten in den Müll geworfen. Stattdessen hievte er sich hoch und machte in der Küche einen Eimer halb voll. Er nahm eine angebrochene Schachtel Kaltwaschmittel aus dem Putzschrank, kippte einen Schwung in den Eimer und rührte mit der Hand um, bis es schäumte. Als er die Shorts hineinstopfte, blähten sie sich auf. Während er sie immer wieder unter Wasser drückte, kroch ihm der Schaum am Arm hoch, und das Wasser färbte sich grau.

Nachdem er das Salz und den Sand ausgewaschen hatte, kippte Samuel das schmutzige Wasser in den Ausguss und spülte die Shorts mit klarem Wasser aus. Weil es zu windig war, um sie nach draußen zu hängen, wrang er sie, so gut es ging, aus, hängte sie an einen Nagel in der Wand und stellte den Eimer darunter.

Der Mann kam herein. Nachdem er die Taschenlampe in der Diele wieder an den Haken gehängt hatte, kam er ins

Wohnzimmer. Er blies auf seine gefalteten Hände, in seinen Haaren glitzerten Tropfen. Er nahm die Decke, die Samuel ihm hinhielt, und warf sie sich um wie ein Cape. Dann setzte er sich, vor Kälte zitternd, an das eine Ende der Couch, während Samuel Wasser aufsetzte und ihm einen Tee kochte.

Verlegen saßen sie nebeneinander – pusteten, nippten, pusteten. Nach einer Weile stand Samuel auf und schaltete den Fernseher ein. Der brummte und quietschte, aber der Bildschirm blieb grau. Samuel schaltete ihn wieder aus.

»Er geht nicht«, sagte er. »Tut mir leid.«

Manchmal legte er sich abends ein Video ein, um ein bisschen Gesellschaft zu haben, während er mit großen, unregelmäßigen Stichen seine Sachen flickte oder vor seinem Werkzeugkasten saß und das eine oder andere reparierte.

Der Mann erhob sich halb von der Couch, als hätte er das Gefühl, dass es von ihm erwartet wurde. Abwartend sah er zu, wie Samuel ein paar alte Illustrierte aus dem Regal nahm und ihm hinhielt. Er schüttelte den Kopf und setzte sich wieder.

Samuel legte die Zeitschriften weg. »Da steht sowieso nichts drin.«

Der Mann nippte weiter an seinem Tee.

»Chimelu – den lernst du morgen kennen, wenn er mit dem Versorgungsschiff kommt – hat eine Frau, und die gibt sie ihm für mich zum Lesen mit. Sie schickt mir die Spenden, die sie in ihrem Gebrauchtwarenhaus nicht verkaufen kann. Heute will keiner mehr Videos haben, schon lange nicht mehr, und alte Illustrierte wie die hier sowieso nicht.«

Der Mann stellte die Tasse auf den Couchtisch und wickelte sich fester in die Decke.

Samuel hustete, zeigte wegwerfend auf das Regal und tippte auf die Rücken einiger Videokassetten. Er machte Anstalten, etwas zu sagen, nahm dann aber stattdessen eine Zeitschrift in die Hand und drehte sie um, sodass sie mit der Titelseite nach unten lag. Die Filme und Illustrierten aus seinem Land schlugen ihm aufs Gemüt. Die Menschen darin wirkten auf ihn genauso fremd und fremdländisch wie der Mann auf der Couch. Sonnenbrillen, Tätowierungen, Klamotten aus Seide und Goldschmuck, dazu eine Sprache, die nur noch aus Dreck und Gosse bestand, aus Gefluche und Gestotter. Steif wie Schaufensterpuppen probierten sie sich an Rollen, die viel zu groß für sie waren. Die Filme zeigten Liebespaare, Tanzclubs, Drogen und Dealer, als ob auf der Welt sonst nichts zählte. Als ob es keine Geschichte gäbe und sich die Vergangenheit anderswo abgespielt hätte, wo andere Leute sich daran erinnerten.

Dabei kannte er selbst den Lockruf des schönen Scheins. Er wusste noch genau, wie er auf ihn gewirkt hatte, als er neu in der Stadt war. An der Straßenecke, wo er bettelte, hatte er sie beobachtet, die Männer in den Anzügen mit der Pomade im Haar, wenn sie an ihm vorbeigingen oder an der Bushaltestelle in der Schlange standen. Sie unterhielten sich mit lauter Stimme und lüpften zur Begrüßung voreinander den Hut. Wenn sie allein waren, lasen sie unter auffälligem Geraschel die Zeitung, blätterten schnaubend und kopfschüttelnd die Seiten um und falteten sie so klein zusammen, dass sie sich leicht einstecken ließ. In dem Slum, wo Samuel mit seiner Familie wohnte, gab es Frauen in billigen Satinkleidchen und mit Perücken, die sich im Tausch gegen Seidenstrümpfe oder Ohrclips in dunklen Hauseingängen an Männer verkauften. All diese Dinge waren Samuel bedeutsam vorgekommen, und sie wurden nach und nach immer wichtiger für ihn, bis er sich für die Beterei seines Vaters schämte, für das ungeschminkte Gesicht seiner Mutter, ihre provinzielle Kleidung und die struppigen, an den Kopf geflochtenen Zöpfe.

Die andere Welt war hinter ihnen versunken, und hier in der Stadt, an der grauen Kreuzung, wo er neben seiner Schwester und der blinden Mama Blue bettelte, leuchteten die Vorbeikommenden vor dem Hintergrund, der so eintönig war wie Zeitungspapier, strahlend hell. Große, schwere Autos fuhren vorbei, darin Männer in weißen Anzügen, deren bleiche Frauen sich Taschentücher unter die Nase hielten – Männer, die im Auftrag der Krone herrschten und für Ordnung sorgten. Die Wagen wurden von bewaffneten Motorradeskorten begleitet, von Männern, die, wenn sie nicht auf ihren Maschinen saßen, den Madams und den Bossen die Einkäufe trugen, ihnen den Weg frei machten und die Bettler beschimpften, die ihnen hinterherliefen.

Zwischen den Warteschlangen für die Busse flitzten einheimische Kinder herum, Vertriebene oder Waisen, Opfer der Kolonialherren. Sie betätigten sich als Taschendiebe, stibitzten von den Straßenhändlern und klaubten glimmende Zigarettenkippen auf. Auf Samuel wirkten sie wie

Kinder aus einem Bilderbuch, und er stellte sich vor, wie es wohl wäre, aus dem Staub und den Abgasen herauszutreten und sich auf den bunten Seiten des Buchs wiederzufinden, inmitten ihres fröhlichen Lärmens, furchtlos wie sie, anstatt, die Hand nach Kleingeld ausgestreckt, zaghaft an Autoscheiben zu klopfen. Wie es wäre, mehr zu sein als der Junge, dem man einen angebissenen Apfel schenkte, den er mit seiner kleinen Schwester und der zahnlosen Alten teilte, die ihre milchig weißen Augen zum Himmel hob und für den nächsten Tag Regen oder Hunger oder Misserfolg weissagte.

An einem stillen Vormittag pfiff ihm einer der Jungen, der, den alle Dog nannten, von der Bushaltestelle aus zu. Er und seine Kumpane hatten von einem unbewachten Lieferwagen einen ganzen Sack Orangen gestohlen. Sie waren gerade dabei, den Sack mit einem Taschenmesser aufzuschneiden und sich die Beute zu teilen. Als Dog bemerkte, dass Samuel sie dabei beobachtete, stieß er einen Pfiff aus und sagte: »Komm her.«

Samuel rührte sich nicht.

»Komm her. Wir wollen mit dir reden.«

Samuel ging über die Straße und blieb wortlos vor den Jungen stehen.

»Hast du so was schon mal gegessen?«, fragte Dog, eine Orange hochhaltend.

Samuel schüttelte den Kopf.

»Dann ist heute dein Glückstag, weil ich dir nämlich eine schenke. Siehst du? So macht man die Schale ab.« Er biss in die Schale, riss sie mit den Zähnen auf und schälte die Frucht mit den Fingern zu Ende.

Ein Junge, dessen Gesicht und Hände vom Saft troffen, warf Samuel eine Orange zu. Aber der griff daneben, und sie rollte vom Bürgersteig in die Gosse. Die Jungen lachten spöttisch, als Samuel sich danach bückte und wieder zu seiner Schwester zurückging.

Erst hielt er sich die Orange unter die Nase. Sie roch säuerlich. Nachdem er die Kleine daran hatte schnuppern lassen, sagte er ihr, sie solle sie an Mama Blue weitergeben. Erst als die sie gründlich berochen hatte, gab sie sie ihm zurück.

»Was ist das?«, fragte sie.

»Eine Orange. Hat er zumindest gesagt.«

»Hat wer gesagt?«

»Der eine Betteljunge.«

»Na, dann kannst du dir sicher sein, dass es nicht stimmt. Diese Straßenjungen haben doch von nichts eine Ahnung. Sie waren noch nicht mal in der Schule.«

»Bist du zur Schule gegangen?«

»Ich? Nein. Als ich klein war, gab es keine Schule.«

Mary Martha zog an seinem Arm. »Können wir die Orange essen?«

Er machte es wie Dog und biss hinein. Es schmeckte bitter, scheußlich. Er warf einen Blick rüber zu den Jungen, ob sie ihn auslachten. Aber die beachteten ihn nicht, streckten alle viere von sich, umgeben von Orangenschalen. Während Samuel die Frucht langsam schälte, hinterließ die Schale einen feinen Sprühnebel auf seinen Händen. Nach und nach kamen die Segmente zum Vorschein. Er teilte sie gerecht durch drei und steckte jedem einen Schnitz in den aufgesperrten Mund. Es schmeckte golden. Köstlich. Golden und saftig. Er hätte gern den Mut aufgebracht, sich noch eine schenken zu lassen.

Ein paar Tage später rief Dog ihn wieder zu sich rüber. »Komm her, Junge. Wir wollen mit dir reden.«

Samuel sagte »Warte hier!« zu Mary Martha und ging über die Straße.

»Wir wollen ins Kino in der Albert Street. Kommst du mit?«

»Ich kann nicht. Hab kein Geld.«

»Meinst du, wir haben Geld?« Dog lachte. »Wir schleichen uns rein.«

»Und meine Schwester?«

»Die ist zu klein. Lass sie bei Mama Blue. Eine Blinde mit einem kleinen Mädchen verdient mehr als eine Blinde, die alleine bettelt.«

Es war ein Gangsterfilm aus Amerika in Schwarz-Weiß. Doch für Samuel war es, als wären die Seiten des Buchs, das er vor Augen gehabt hatte, überraschend zu strahlendem Leben erwacht. Hinterher imitierte er die Akzente, wiederholte den Text, spielte für die Jungs ein paar Szenen nach. Im Park stahl er einem Mann, der auf einer Bank saß und schlief, den Hut, stolzierte damit durch die Gegend, spähte lässig unter der Krempe hervor. Er tat so, als hätte er eine Pistole in der Jackentasche, zielte mit dem Finger der Reihe nach auf die Jungen, als wären sie seine Feinde. Sie gaben ihm den Spitznamen »American«, und er musste die Nummer auch für andere Jungen abziehen, die nicht mit im Kino gewesen waren.

Das Herumlungern wurde ihm zur täglichen Gewohnheit. Er bestach seine Schwester mit gestohlenen Bonbons, damit sie den Eltern nicht verriet, dass er sie allein betteln ließ, um mit Jungen, die kein Zuhause hatten, Diebe und reiche Leute zu spielen.

In der Stadt waren die Tage schon morgens dreckig. Die große Hitze, der verhangene Himmel, der Verkehr, der nie langsamer oder weniger wurde.

Samuels Eltern klapperten auf der Suche nach fester Arbeit oder einem Aushilfsjob die Straßen ab, fast immer vergeblich. Manchmal bettelten sie vor einem Lebensmittelgeschäft oder dem Schlund des Basars. Wenn es besonders schlecht lief, stellte sein Vater sich mit beschämt aufgehaltener Hand vor die Kirche. Er bedankte sich mit einem verlegenen Kopfnicken für die Münzen, die ihm die fremden Leute zusteckten, und umschloss sie fest mit der Faust, damit sie nicht klimperten, wenn er hinterher zum Beten hineinging.

Als er eines Tages mit leeren Händen abziehen musste, wanderte er, statt sich auf den Heimweg zu machen, einfach ziellos immer weiter, durch das brennende Grau der untergehenden Sonne, bis ihm vor einem Haus auf der anderen Straßenseite eine Menschentraube auffiel. Es waren mindestens vierzig Männer, die sich leise und gestenreich unterhielten. Als sie das Haus betraten, schloss Samuels Vater sich ihnen an und folgte ihnen durch eine kleine Diele bis ins Wohnzimmer. Altersflecken an den Wänden und auf den Böden verrieten, wo kürzlich noch Möbel gestanden hatten, die man verrückt hatte, um mehr Platz zu schaffen. Überall hockten Männer, die Knie bis zur Brust angezogen. Samuels Vater ließ sich neben einem Mann nieder, der die Livree eines Hausboys trug. Vor ihm saß ein Mann im Anzug. Ein anderer, der wie ein Metzger gekleidet war, roch nach Seife und Fett.

Von dieser ersten Versammlung sollte er später noch oft erzählen. Obwohl er sonst ein zurückhaltender Mann war, schwärmte er davon bis ans Ende seiner Tage wie von etwas Wundersamem, einer Art Wiedergeburt.

»Ich wusste nicht, worum es ging«, begann er. »Bei dem ersten Treffen da in dem Haus, wusste ich gar nichts. Und ich habe auch nichts verstanden. Klar, ich kannte die Wörter, nur, was hatten sie einem Menschen wie mir zu sagen? Aber ich blieb trotzdem und hörte zu. Sie haben geredet und geredet, und je mehr sie geredet haben ... tja, schwer zu beschreiben. Ich habe etwas gefühlt. Hier und hier.« Er deutete auf seine Kehle, seine Hände. »Ich wusste, dass sie mit allem recht hatten. Ich wusste es. Mehr gibt es dazu nicht zu sagen.«

Am nächsten Nachmittag ging er wieder hin. Die Haustür war zu. Er klopfte und lauschte, und es klang, als ob jemand seufzte, bis sich das Seufzen in auf dem Holzfußboden näherkommende Schritte verwandelte. Ein junger Mann machte ihm auf. Er rückte sich seine Nickelbrille zurecht und fragte: »Kann ich Ihnen helfen?«

Samuels Vater sah an ihm vorbei ins Wohnzimmer. Die Möbel standen wieder an ihrem Platz. Zwei Holzbänke mit Kissen. Vier Stühle, mehrere Hocker. Ein Schränkchen.

»Gibt es heute keine Versammlung?«, fragte er.

»Nein, heute nicht. Nur mittwoch- und samstagabends.«

Von der anderen Seite her betrat ein älterer Mann das Wohnzimmer. Er hielt den Kopf gesenkt und war in ein Buch vertieft. Samuels Vater erkannte in ihm den Versammlungsleiter.

»Er hat sich nach unseren Treffen erkundigt«, sagte der junge Mann.

»Ich war gestern hier.«

»Und Sie hatten gehofft, es gäbe heute wieder eine Versammlung?«

»Ja.«

»Wir können doch auch unsere eigene Versammlung abhalten. Treten Sie bitte ein. Darf ich Ihnen eine Tasse Kaffee anbieten? Es interessiert mich, was Sie denken.«

Während Samuels Vater noch zögerte, tat der Mann etwas Unerwartetes. Er legte das Buch mit den Seiten nach unten auf das Schränkchen. »Einfach so.« Staunend spielte er die Szene beim Erzählen nach. »Seht ihr? Meinetwegen hat er das Buch weggelegt. Einfach so, wie wenn es unwichtig wäre, dass er eigentlich etwas anderes zu tun hatte. Wie wenn er mich für einen interessanten Menschen hielte.«

Im Laufe der Jahre kam er immer auf die erste und auf die zweite Begegnung zu sprechen, und er erzählte alles ganz genau, bis zu der Stelle, wo der Mann das Buch weglegte und er das Haus betrat. Aber über das Gespräch, das sich danach entspann, über das, was anschließend geschah, redete er nie.

Am folgenden Samstag wollte er dann, statt zu beten und zu betteln, an einer Versammlung teilnehmen. Er sprach von fast nichts anderem mehr. Doch als es an der Zeit war aufzubrechen, trödelte er zu Hause in der kleinen Wohnung herum. Er strich Hemd und Hose glatt und beschwerte sich bei seiner Frau über unsichtbare Fettflecken. Er hielt sich die Stirn, weil er wegen der Betrunkenen, die freitagnachts auf der Straße lärmten, angeblich nicht gut geschlafen hatte. Als ihm seine Tochter die Tasse Kaffee brachte, die er hatte haben wollen, schob er sie weg. »Siehst du denn nicht, dass ich gleich losmuss? Dafür ist jetzt keine Zeit mehr.«

Aber das bedeutete noch lange nicht, dass er tatsächlich aufbrach. Er stellte sich vor die Spiegelscherbe, die zwischen zwei Nägeln an der Wand hing, drehte das Gesicht nach links und rechts, hob und senkte es. Was er sah, gefiel ihm nicht. Sein Gesicht war langweilig. Er versuchte, seinen Ausdruck zu verändern, hob die Augenbrauen, runzelte die Stirn, kräuselte die Lippen.

Samuel war sechzehn Jahre alt. Obwohl er einen solchen Kater hatte, dass er keinen Bissen runter bekam und sich am liebsten zu Hause verkrochen hätte, bot er seinem Vater an, ihn zu begleiten.

»Na, da sieh sich doch mal einer den Jungen an! Wartet, bis ich schon mit einem Fuß zur Tür raus bin, bevor er sich überlegt, dass er mitkommen will. Dann aber dalli. Ich kann nicht auf dich warten. Ich will nicht zu spät kommen.« Natürlich wartete er doch, bis Samuel sich angezogen und das Gesicht gewaschen hatte.

Und sie waren trotz allem pünktlich. Samuels Vater hatte auf dem Weg ein solches Tempo angeschlagen, dass Samuel immer wieder, kalten Schweiß im Nacken, würgend über der Gosse hing.

Das Wohnzimmer platzte aus allen Nähten, schwülwarm von Menschen und Atem. Sie mussten sich an die Wand lehnen. Der Vater begrüßte die anderen Männer mit einem Kopfnicken. Die Wand roch nach fettigen Haaren. Samuel drehte den Kopf ein wenig zur Seite, schloss die Augen und wünschte seinen dröhnenden Schädel zum Teufel. Nach und nach wurde es still im Raum, sein Vater atmete tief ein, und die Reden begannen. Anfangs ließ Samuel die Worte an sich vorbeirauschen, bis sie irgendwann doch mit voller Wucht zu ihm durchdrangen und sich links und rechts von ihm zustimmendes Gemurmel erhob.

»In anderen Ländern hat es längst angefangen«, sagte der Redner. »Warum sollen wir nicht auch unabhängig werden?«

Samuel verdrehte die Augen. Das alles hatte er schon viel zu oft gehört, in Gesprächen hinter vorgehaltener Hand an der Bushaltestelle oder unter den Händlern und Kunden auf dem Markt. Einmal auch im Park, als er auf einer Bank saß und die Zeit totschlug, von zwei Männern, die vorbeigingen, der eine auf einen Gehstock gestützt. »Ich habe nur zu meinem eigenen Stamm gehört«, sagte er. »Aber 1934 hieß es plötzlich, wir alle – also das ganze Gebiet –, wir gehörten alle zu ein und demselben Stamm, und wir bekamen auch alle denselben Stammesnamen verpasst. Ich habe nichts gegen die anderen Stämme, nein. Das sind nette Menschen, gute Menschen. Es herrscht kein Hass zwischen uns, aber deswegen gehören sie doch noch lange nicht zu meinem Stamm. Sie kommen aus anderen Gegenden. Und heute sagt uns die Landkarte, wer wir sind und wo wir sind, aber uns hat nie einer gefragt, ob das auch stimmt.«

»Hast du die Landkarte gesehen?«, fragte der andere Mann.

»Aber ja. Jemand hat sie mir gezeigt. Nichts als Worte und Striche. Nichts, was einem hilft, sich zurechtzufinden.«

Zitternd hatte Samuels Vater einen halben Schritt in den Raum hinein gemacht, sodass es jetzt zwischen ihm und der Wand eine Lücke gab. Er lauschte angestrengt, mit Füßen und Händen tappend, mit den Lippen lautlos einzelne Wörter nachsprechend. Samuel schloss die Augen und döste, an die Wand gelehnt, ein.

Als er aufwachte, tat ihm der Nacken weh. Während er daran herumrieb, ergriff ein kleiner Mann mit einem Spitzbart das Wort. »In der Schule und in den Kirchen bringen uns die Missionare bei, dass die Sanftmütigen selig sind, weil sie das Erdreich besitzen werden. Und wir waren sanftmütig, wir alle, aber was hat uns die Sanftmut eingebracht? Dass wir unser Land und uns selbst verloren haben. Sanftmütig haben wir den Westen akzeptiert, haben all seine Werte und Ideale übernommen. So umfassend, dass wir uns inzwischen unseres eigenen Volkes schämen. Das ist es, was die Sanftmütigen besitzen: Scham!«

Das Wort sagte Samuel nicht viel. Wofür hätte er sich auch schämen sollen? Er war der American. Er konnte alles stehlen oder eintauschen, was seine Familie brauchte. Er hatte Freunde und Bewunderer, auch Frauen, wenn er welche wollte. Alles war gut. Er wünschte sich höchstens, dass seine Eltern sich besser an das Leben in der Stadt angepasst hätten, ihre Kleidung und ihr Verhalten waren ihm peinlich. War das Scham?

Aber seit er hier auf der Insel wohnte, mit den gespendeten Videos und Illustrierten, verstand er die Rede des Mannes besser. Die Männer und Frauen auf den Titelseiten, die seichten Filmchen mit den Glitzerkostümen. Zum Schämen. Hatte sein Vater etwa dafür gebrannt, als er sich der Unabhängigkeitsbewegung anschloss? War das der verheißene Neubeginn nach dem Sieg der Bewegung und dem Abzug der Kolonialmacht?

Sein Vater, zu jener Zeit schon ein Krüppel, hatte sich an dem Sieg berauscht. Obwohl die Kolonisatoren nichts zurückgelassen, sondern alles zerstört hatten, was sich nicht wegschleppen ließ – Schreibtische, Stühle, Glühbirnen, Medikamente, Telefone –, konnte sein Vater in den Verwüstungen keinen gehässigen oder gewalttätigen Akt sehen. Schlaff hing der magere Körper mit dem großen Kopf auf dem Stuhl, den Samuel für ihn auf die Straße getragen hatte. Er schüttelte den Leuten, die vorübergingen, die Hand und sagte: »Ein Neubeginn. Jetzt fängt es erst richtig an.«

Tagelang zogen die Flugzeuge über sie hinweg, deren Passagiere vor der Unabhängigkeit des Landes flohen. Der designierte Präsident hatte bereits eine Statue und einen Springbrunnen in Auftrag gegeben und entwarf Pläne für sein neues Heim. Während unten, zwischen den Trümmern, die Menschen wie eh und je ums Überleben kämpften.

Zweiter Tag

Am nächsten Morgen hatte er einen solchen Muskelkater, dass er kaum aus dem Bett kam. Arme, Handgelenke und Schultern taten ihm weh, sein Rücken war hart wie Beton, die Oberschenkel fühlten sich an, als wären sie aus Stein. Als er endlich aufrecht stand, hatte er keine Energie mehr übrig, um den Kopf zu heben. Minutenlang stand er nur da und starrte auf seine Füße. Die Zehennägel waren dick und dunkel. Weil er manche gar nicht mehr schneiden konnte, waren sie auch sehr lang gewachsen.

An wärmeren Abenden setzte Samuel sich manchmal barfuß auf die Couch, einen Fuß hochgelegt, damit er an die Nägel herankam. Dann knibbelte er so lange daran herum, bis sie einrissen und er sie abbrechen konnte. Wenn er zu viel abbrach, fing es oft an zu bluten. Wegen der eingewachsenen Nägel entzündeten sich manchmal die Zehen und schwollen eitrig an, sodass er nur noch humpeln konnte, weil die Stiefel bei jedem Schritt die Schmerzen verstärkten.

Heute hatte er drei eingewachsene Zehennägel. An den beiden Großzehen und am mittleren Zeh rechts. Er musste die Füße in Salzwasser einweichen. Am besten in warmem Wasser, aber der Aufwand war ihm zu groß – Kessel vollmachen, Streichholz anreißen, Gasflamme anzünden, Schüssel holen. Und das alles unter den Augen dieses Mannes.

Nein, das war zu viel. Besser, er ging runter an den Strand und stellte sich in das eiskalte Wasser, um die Schmerzen zu betäuben. Aber selbst das war mit zu großen Umständen verbunden – Schuhe und Socken ausziehen, die Hosenbeine hochkrempeln. Und das Ganze hinterher andersrum noch einmal, noch dazu ohne einen Stuhl, der es ihm leichter gemacht hätte.

Samuel zog die beiden nicht zueinanderpassenden Teile des Jogginganzugs aus, in dem er schlief, schlurfte zum Kleiderschrank und tastete im Halbdunkel nach seinen Sachen. Als Erstes streifte er ein T-Shirt und einen Pullover über. Unterhose, Hose und Socken nahm er mit zum Bett und zog sie im Sitzen an. Er tat sich schwer damit, seine Finger waren dick und steif. Als er die zweite Socke bis zur Wade hochgezogen hatte, ließ er sich aufseufzend in das warme Bett zurücksinken und schlief augenblicklich ein, die Füße eine Handbreit über dem Boden.

Als er aufwachte, war der Tag noch immer nicht mehr als ein graues Versprechen im Fenster. Draußen gackerten die Hühner. Sie mussten gefüttert werden. Trotz des Muskelkaters und der Schmerzen kam Samuel diesmal etwas leichter hoch. Seit Jahren hatten ihm die Glieder nicht mehr so wehgetan. Zuletzt vielleicht im Gefangenentransporter. Damals hatte man aus den Zellen in der Innenstadt fünfzig Mann in das neue Hochsicherheitsgefängnis gebracht, das damals noch am Stadtrand lag.

Ihre Sachen waren blutig und zerfetzt, ihre Augen verquollen, sie selbst mit Blutergüssen übersät. Sie stanken nach einer Woche in Pisse, Scheiße und Schweiß. Über allem hing fauliger Verwesungsgeruch. Schwärende Wunden, im Zahnfleisch nur noch Splitter statt Zähne. Die nicht enden wollende Fahrt und das stinkende, zischende Keuchen, mit dem die Körper auf der holprigen Straße gegeneinanderprallten.

Das neue Gefängnis war riesig. So riesig, dass der Volksmund es schon auf den Namen »Palast« getauft hatte, als von ihm noch nicht viel mehr als die Grundmauern standen. Die Leute rätselten, wie groß das Gebäude wohl sein würde, wenn es erst fertig war, wie viele Flure es besitzen würde, wie viele Zimmer. Doch dann folgten schon bald hohe

Mauern und Stahltore. Niemand wagte sich in die Nähe der Mauern, niemand kam auf die Idee, daran hochzuklettern, um zu sehen, wie der Bau vorankam. So tollkühn war keiner. Auch wenn es niemand aussprach, wusste doch jeder, dass das Gefängnis auf Befehl des Diktators errichtet wurde, um darin seine Feinde wegzusperren, also jeden, der ihm in die Quere kam.

Samuel bewegte sich so leise wie möglich durchs Wohnzimmer. Seine Knie knackten bei jedem Schritt. Nach der ganzen Nacht roch das Zimmer fremd, nach dem Atem eines anderen, dem Körper eines anderen. Der Mann lag auf der Couch, er hatte sich so klein wie möglich gemacht. Er atmete tief und gleichmäßig.

In der Diele musste Samuel, als er sich nach seinen Schuhen bückte, ein Stöhnen unterdrücken. Normalerweise setzte er sich zum Schuheanziehen auf die Couch. Als er die Haustür öffnete, schlug ihm die kalte Morgenluft entgegen, die ersten Gerüche nach Blättern, Salz und Nässe. Auf Strumpfsocken tappte er über den steinigen Boden zu der Treppe, die zum Leuchtturm hinaufführte. Er hockte sich auf die mittlere der drei Stufen und klopfte sich mit schwerer Hand den Schmutz von den Sohlen, erst von der einen, dann von der anderen. Nachdem er die Schuhe geschnürt hatte, machte er sich auf den Weg in den Garten, das Geräusch seiner Schritte überlagert vom Krachen der grauen Wellen, die sich am Strand brachen.

Die Hühner begrüßten ihn mit dem üblichen Gezeter. Er fütterte sie mit den Körnern aus dem Kasten und vergaß auch die alte Henne in ihrem provisorischen Käfig nicht. Sie gackerte traurig, als er sie streichelte und beruhigend auf sie einredete. Nachdem er sie herausgelassen hatte, hockte sie sich unter einen Busch und trippelte keinen Schritt weiter.

Samuel folgte dem Rest der Schar in den Gemüsegarten, wo sie in der Erde scharrten. Mit dem Pflücken wollte er sich Zeit lassen, bis der Mann weg war. Er würde sich am Mittag etwas Gutes kochen und anschließend vielleicht ein Schläfchen halten. Das wünschte er sich. Schlafen. Allein sein und schlafen.

Am Ende des Gartens lehnte er sich gegen die Trockenmauer, deren Steine unter seinem Gewicht knirschten. Tief darunter das unruhige Meer. Weiße Gischtkronen brodelten auf und sammelten sich an der steinigen Küste und färbten sich braun. Nicht weit davon erstreckte sich wie ein dunkler Strich der Landesteg, auf dem eine Seeschwalbe hockte, aufgeplustert gegen den Wind. Landeinwärts war ein Stück der blaugrauen Mauer, die um die Insel herumführte, eingesunken. Einige der heruntergerollten Steine waren schwarz vom Wasser, während die übrigen einen Haufen bildeten, der sich aus der ordentlichen Linie herauswölbte. Samuel schüttelte den Kopf. Heute musste er Steine schleppen und zerklopfen, um die Bresche wieder zu verschließen. An Schlaf war nicht zu denken.

Er ging zurück zum Haus und holte den Vorschlaghammer aus der Diele. Er war so schwer, dass seine Arme vor Schmerzen puckerten, und er fühlte einmal mehr die Last des Alters. Dazu kamen auch noch die Erinnerungen, die an diesem Morgen auf ihn einprasselten. Erinnerungen an Dinge, die besser vergessen geblieben wären, brandeten genauso gleichmäßig auf ihn zu wie die Wellen an den Strand.

Der erste Tag im Palast. Wie mühsam es war, unter dem Gebrüll und unter den Augen der Wachen aus dem Lastwagen zu klettern, im hellen Tageslicht blinzelnd durch den Gefängnishof zu stolpern. Die Blumentöpfe rechts und links neben dem Eingang mit in Form geschnittenen Buchsbäumen. Der Mann, der herauskam, war beige gekleidet und trug ein Armeebarett auf dem Kopf. Er hatte Schwitzflecken unter den Armen, Schweißperlen auf Stirn und Oberlippe.

»Herrgott, Sergeant. Jetzt lassen Sie endlich den Deckenventilator reparieren. Es ist nicht zum Aushalten in der Bude.« An die Corporals gewandt, die für die Gefangenen verantwortlich waren, sagte er: »Erst mal in den Hof mit ihnen. Irgendwelche Abgänge unterwegs?«

Zwei Soldaten warfen einen Blick auf die Ladefläche. »Keine, Colonel.«

Der Colonel fächelte sich mit einem Dokument Luft zu und wiederholte noch einmal die Anordnung zur Reparatur des Ventilators, während die Gefangenen bereits in einen breiten, fensterlosen Korridor geführt wurden. Er war nicht gestrichen und noch so neu, dass die Betonkrümel unter den Schuhen knirschten. An der Decke flackerten Lampen, lange Neonröhren, von denen jede zweite oder dritte so aussah, als ob sie es nicht mehr lange machen würde. Am Ende des Korridors ging es durch ein eisernes Gittertor, das so groß war, als stammte es aus einer alten Ritterburg, in einen riesigen Innenhof.

Auf der gesamten Länge des Hofs lagen Haufen aus grauen Steinen, die von je einem Trupp Gefangener bearbeitet wurden. Sie zertrümmerten die Steine mit dem Vorschlaghammer zu Schotter. Ihre Beine waren mit Ketten gefesselt, damit sie nicht weglaufen konnten. Wohin auch immer. Weit wären sie wegen der hohen Mauern, auf denen Wachtposten standen, sowieso nicht gekommen.

Samuel hatte das Gefühl, als zögen sich ihm durch das Dröhnen von Metall auf Stein die Ohren zusammen. Trotzdem reckte er den Hals und stellte sich auf die Zehenspitzen. Soweit er sehen konnte, waren in dem Hof nur Männer. Die Frauen mussten woanders untergebracht sein. Er war sich nicht sicher, ob Meria auch gefangen genommen worden war – vielleicht war sie entkommen, vielleicht war sie in einem anderen Gefängnis. Wie auch immer, man hatte sie unter Drohungen gezwungen, in der Zelle, wo er, an einen Stuhl gefesselt, gefoltert wurde, neben ihm zu sitzen.

»Wir bringen deine Frau um«, hatten sie gesagt.

»Sie ist nicht meine Frau.«

»Die Mutter deines Kindes, die Frau, mit der du zusammenlebst. Was soll sie denn sonst sein, wenn nicht deine Frau?«

»Eine Genossin.«

Der Mann mit den Aknenarben hatte ihm ins Gesicht geschlagen. »Genossin, Frau, Hure. Alles dasselbe.«

Samuel rappelte sich etwas auf. Er hatte den Geschmack von Blut im Mund. Nicht viel, aber genug, um ihm eine Heidenangst einzujagen. Und Meria war bei ihm in seiner Angst. In dem Augenblick, als alles andere um ihn verblasste, erinnerte er sich an ihr Lachen. Das leise Glucksen bei einer seiner ersten Begegnungen mit ihr. Damals hatte er noch übertrieben das R gerollt und die Vokale in die Länge gezogen, weil er wie ein Amerikaner klingen wollte.

»Hör dich doch mal selber an«, hatte sie gesagt. »Du bist ein Kind. Wieso willst du so klingen?« Und sie hatte sich abgewandt, ihm den Hinterkopf zugedreht, die Haare so raspelkurz geschoren, dass die Kopfhaut durchschimmerte.

Und dann noch einmal, Monate später, als sie das erste Mal miteinander geschlafen hatten. Sie tätschelte ihm die Schulter. »Kannst wieder absteigen.« Sie steckte sich eine Zigarette an und blies den Rauch aus. »Ach, Bubi, du vögelst wie eine Jungfrau.«

Das also hatte ihm die Gefangenschaft eingebracht. Nicht das verheißene Gefühl der Ehre, des Stolzes. Nur Erinnerungen an Erniedrigungen und die Ahnung, dass alles genauso weitergehen würde. Dass die gesamte Vergangenheit und die gesamte Zukunft hier auf diesem vollgepissten Stuhl zu finden waren, von dem es für ihn kein Entkommen gab.

Als sie wieder auf ihn losgingen, als sie ihn wieder schlagen wollten, schrie er laut auf und erzählte ihnen alles, was sie wissen wollten, nannte Namen und Orte, dachte sich etwas aus, wenn er die Antwort nicht wusste.

Der Mann mit den Narben grinste. »Und das soll ein Mann sein? Der Diktator lacht sich tot, dass dieses Nichts sein Feind sein will.«

Schniefend wischte Samuel sich mit dem Ärmel über die Oberlippe. Ein eisiger Wind aus dem Süden machte den Morgen noch kälter. Er kniff die Augen zusammen. Die Erschöpfung, mit der er aufgewacht war, wollte nicht weichen. Der Vorschlaghammer fühlte sich schwer an in seinen Armen, und er ließ ihn langsam sinken, bis der Kopf mit einem Knirschen im Sand landete. Samuel stutzte kurz und machte die Augen auf, sah nach unten, scharrte mit dem Fuß im lockeren Sand. Wegen der schweren Arbeit auf dem Gefängnishof war der Boden komplett festgetrampelt gewesen, so hart, dass der Vorschlaghammer davon abprallte und dem Gefangenen die Erschütterung durch den ganzen Arm fuhr. Samuel packte den Griff fester, als könnte er jene fernen Vibrationen darin wiederfinden. Aber nein, das Holz blieb starr und steif. Nur die Schwere in seinen Gliedern bewahrte die Erinnerung.

Die Müdigkeit wuchs wie ein Etwas, das allmählich zum Leben erwachte. Ein Etwas, das durch ihn hindurchkroch und die Kontrolle über seinen Körper übernahm. Er fühlte es in seinen Augen, konnte es beinahe sehen, einen Schatten, etwas Dunkles am Rand seines Gesichtsfelds. Er blinzelte, drehte sich, versuchte, es zu greifen. Der Griff rutschte ihm aus der Hand, und der Hammer fiel ganz zu Boden. Samuel stolperte, dann sah er hoch. Er hatte ihn gefunden, hatte den Schatten gefangen. Er verdunkelte den Eingang seines Hauses, bewegte sich, kam auf ihn zu. Samuel blinzelte noch einmal. Es war der Mann, und er kam auf ihn zu.

Der Mann lächelte, als er Samuel sah, und hob die Hand übertrieben hoch zum Winken. Samuel winkte zurück, hielt seine Hand dabei aber auf Bauchhöhe. Er murmelte: »Guten Morgen«, obwohl der andere ihn bei der Entfernung gar nicht hätte hören können.

Als er bei Samuel angekommen war, lächelte der Mann wieder, zeigte auf den Hammer und tat so, als ob er ein paar Schwünge damit ausführte. Unter lautstarkem Schnaufen wischte er sich anschließend unsichtbaren Schweiß von der Stirn, als wollte er andeuten, dass die Arbeit eine Schinderei war.

»Ja.« Samuel gab ihm recht und trocknete sich ebenfalls die Stirn.

Der Mann sah prüfend in den Morgen hinaus, zog die Schultern höher als nötig, holte tief Luft und atmete zufrieden wieder aus. Er deutete auf die Aussicht und machte ein Zeichen mit der Hand, das so viel wie »gut« oder »schön« bedeuten sollte. Minutenlang standen die beiden Männer schweigend da, bis Samuel sich räusperte und mit dem Fuß den Kopf des Vorschlaghammers anstupste. Der Mann blickte sich wie suchend um, schlang die Arme um sich, tat so, als ob seine Lippen zitterten und er am ganzen Körper schlotterte.

»In der Diele hängen Jacken«, sagte Samuel. »Nimm dir eine, die dir passt.« Der Mann sah Samuel an. »Am besten zeig ich es dir.«

Samuel machte einen Schritt in Richtung Haus. Aber der andere hielt ihn auf, legte ihm die Hand auf den Brustkorb. Samuels Herz schlug schneller. Der Mann stand so dicht vor ihm, dass er seinen Atem riechen, die Risse in seinen aufgesprungenen Lippen, die groben Poren auf seiner Nase sehen konnte. Er ließ ihn nicht weitergehen und sagte etwas zu ihm.

»Ich weiß nicht, was du willst«, entgegnete Samuel. »Was soll das heißen? Was willst du?«

Der Mann lachte, bleckte die großen weißen Zähne. Er nahm die Hand weg, zeigte damit auf seinen eigenen Brustkorb und klopfte sich aufs Herz. Dazu sagte er ein Wort, das er, von einem Klopfen aufs Herz begleitet, noch zweimal langsam wiederholte. Er gab sich solche Mühe, die fremden, gutturalen Laute deutlich auszusprechen, dass es fast an eine Vorführung erinnerte, an ein künstliches Knurren zur Belustigung eines Kindes.

Samuel atmete auf. Er hatte begriffen. Es war ein Name. Der Name des Mannes. Er versuchte, ihm nachzusprechen. »Nnn …«

Der Mann wiederholte den ersten Laut.

»Nnngh?«

Der andere sprach ihm das ganze Wort vor und nickte Samuel aufmunternd zu.

»Ngsch …« Aber Samuel konnte den Namen nicht nachbilden. Kopfschüttelnd fuhr er mit der Hand durch die Luft, als wollte er das Geräusch, das er hervorgebracht hatte, wegwischen.

Der Mann bückte sich, um das Wort mit dem Finger in den Sand zu schreiben.

»Das nützt nichts«, sagte Samuel. »Ich kann nicht lesen. Früher konnte ich es mal, ein bisschen. Aber das ist schon ewig her. Ich habe alles verlernt.« Dann zeigte er auf sich und sagte seinen Namen. Der Mann lächelte.

»Sang-wull«, sagte er. »Sang-wull.«

Samuel nickte. Der Mann drückte seine Schulter und lächelte noch einmal. »Sang-wull.«

Plötzlich waren Motorengeräusche zu hören. Als sie aufs Meer hinausblickten, konnten sie in der Ferne das Versorgungsschiff ausmachen, das langsam vom Festland herübergetuckert kam.

Der Mann packte Samuels Schulter fester.

»Nein, du brauchst keine Angst zu haben. Die retten dich. Die kümmern sich um dich. Die bringen dich an einen sicheren Ort, geben dir was Richtiges zum Essen und zum Anziehen. Du kannst nicht hierbleiben.«

»Sang-wull«, sagte der Mann leise. Er schüttelte den Kopf. Er war jetzt so verrückt vor Angst, dass seine Augen in den Höhlen herumkullerten. Er legte die Handflächen aneinander und sank auf die Knie. Er blickte zu Samuel auf. »Ilfe«, sagte er. »Ilfe, Ilfe, Ilfe.« So lange, bis Samuel sich nicht mehr einreden konnte, der Mann hätte nicht »Hilfe« gesagt. Irgendwo hatte er das Wort aufgeschnappt, irgendwo hatte er es gelernt, dieses Wort, und in seiner Verzweiflung griff er danach wie nach einem Strohhalm. Im Flehen des Mannes, im beschwörenden Gebrauch des Wortes erkannte Samuel seine eigene Angst; die Angst, die er seit so vielen Jahren mit sich herumschleppte. Im Gefängnis und davor und später, nach seiner Entlassung. Die Angst vor dem Tod.

»Na, dann komm, dann komm, komm mit, beeil dich.«

Er brachte den Mann die drei steinernen Stufen zum Leuchtturm hinauf, öffnete die schwere Tür, schob ihn hinein, ins Kalte, Dunkle, und zeigte auf die Treppe. »Raufgehen, rauf!« Der Mann stolperte auf der untersten Stufe, kletterte auf allen vieren weiter. Samuel machte die Tür zu, drehte den Schlüssel im Schloss. Der Schlüssel wehrte sich, knirschte wie eingerostet, als er ihn mit Gewalt herumdrehte. Seine Finger waren dreckig vom Rost, er hatte einen trockenen Mund. Er blinzelte den Schatten in seine Augenwinkel zurück und machte sich auf den Weg zum Steg.

Unten hatte das Boot schon angelegt. Winston, der Jüngere der Zweimannbesatzung, war noch dabei, es zu vertäuen. Er trug ein rotes Polyester-T-Shirt von seinem Lieblingsfußballverein und war auf beiden Oberarmen tätowiert. Dort prangten die Namen und Geburtsdaten seiner vier Kinder. Er arbeitete seit zwei Jahren auf dem Versorgungsschiff, seit John in Rente gegangen war. Obwohl er sein eigener Sohn war, hielt Chimelu ihn für einen unfähigen Jungspund.

Winston lachte Samuel an und nickte gleichmäßig im Takt der Musik, die aus seinen Ohrstöpseln kam. Chimelu winkte und rief: »Na, was macht die Kunst? Dahinten ist deine Mauer zusammengekracht, wusstest du das?« Er zeigte in die Richtung, die er meinte. »Hast du das schon gesehen? Ich würde sagen, damit hast du die nächsten Tage erstmal alle Hände voll zu tun.«

»Das muss heute Nacht passiert sein«, antwortete Samuel.

»Du hättest Zement nehmen sollen. Das sage ich dir schon seit Jahren. Ich glaube, ich habe vom letzten Jahr, als ich den Anbau hochgezogen habe, noch einen halben Sack zu Hause. Wenn ich ihn finde, bringe ich ihn dir nächstes Mal mit. Du musst es wenigstens mal damit versuchen, dann siehst du ja, was dir besser gefällt.«

Winston war unter Deck gegangen, um mit dem Entladen der Vorräte zu beginnen. Er trällerte ein Liedchen mit krummem Text und schiefer Melodie.

»So ein Blödsinn. Der Junge bildet sich ein, er wird Popstar. In der Stadt gibt es einen Gesangswettbewerb, und er glaubt, dass er den gewinnt.« Chimelu schüttelte den Kopf. »Seit wann ist es eigentlich eine Schande, eine ehrliche Arbeit zu haben? Das würde ich zu gern wissen«, brüllte er nach unten. »Wir können nicht alle berühmt und reich sein! Die verfluchte Arbeit macht sich nicht von alleine!«

Samuel wandte sich ab und sah aufs Wasser hinaus, die rosa Wolkenstreifen, die Sonne, die langsam aus dem Meer stieg.

»Und das ist noch so eine Sache«, sagte Chimelu, der Samuels Blick gefolgt war. »Das Wetter. Ich finde, für die Jahreszeit sieht es ganz normal aus. Was denkst du?«

»Würde ich auch sagen.«

»Aber Keb aus dem Hafen sagt, dass die Fische irgendwie anders wandern als sonst und die Gezeiten wechselhaft sind. Oder launisch? Ich weiß es nicht mehr. Aber an eine Sache, die er erzählt hat, erinnere ich mich genau. Dass er nämlich in seinen Netzen einen halb verhungerten Hai gefunden hat, der sah aus, als ob er ewig nichts mehr gefressen hätte. Wann hat es das schon mal gegeben? Das kann ich dir auch nicht verraten. Wahrscheinlich nie. Die Zeiten sind schlecht. Die Leute sagen, dass es seit Menschengedenken keine schlechtere Fischfangsaison gegeben hat.«

»Das sagen sie doch jedes Jahr, Papa«, mischte sich Winston ein, der mit einer Kiste auf der Schulter an Deck kam.

»Schon damals, als ich noch ein kleiner Junge war, und jetzt immer noch.«

»Hat dich irgendwer nach deiner Meinung gefragt? Mach voran. Warum ist das Schiff noch nicht entladen? Bring die Sachen an Land und halt die Klappe.« Er sah Samuel an und verdrehte die Augen. »Die Jugend von heute. Kein Respekt. Und man muss ständig hinter ihnen her sein. Aber eigentlich ist er ein guter Junge, auf seine Art. Wenn ich ihm noch zehn Jahre lang zeige, wo's langgeht, kann doch noch was aus ihm werden.« Er kletterte auf den Steg und schüttelte Samuel die Hand. »Geht's dir nicht gut? Du siehst müde aus.«

»Nein, alles prima. Und selber?«

Chimelu nahm die Mütze ab und stopfte sie sich hinten in die Hosentasche. »Ich kann nicht klagen. Wirklich nicht. Wir sind alle bei bester Gesundheit, Gott sei's gepriesen. Eshe – das ist Winstons Zweitälteste. Weißt du noch? Du hast mal ein Foto von ihr gesehen. Sie spielt am Samstag im Kindergarten in einem Theaterstück mit. Eine Zeile Text hat sie, mehr nicht. Und wegen der einen Zeile sitzt Edith jetzt seit zwei Wochen an ihrem Kostüm, Tag und Nacht. Tausend Pailletten und Schleifchen und kleine Glitzerdinger. Wenn sie nicht am Nähen ist, rennt sie rum und verkauft den Frauen aus der Gemeinde Eintrittskarten. Eshe läuft nur noch mit einer Haarbürste in der Hand durch die Gegend, als Mikrofon, und übt ihre eine Zeile Text. Ich verstehe kein Wort von dem, was sie sagt. Trotzdem, es ist echt niedlich, das muss sogar ich zugeben. Winston! Wo sind die Kisten?«

»Direkt vor dir, Papa. Ich hole gerade die letzten paar rauf.«

Chimelu zeigte auf die Kisten, als hätte er sie selbst hingestellt. »So, Sam, dieselben Sachen wie immer, bloß das Waschmittel ist neu. Edith schwört darauf, und es war im Angebot. Sag einfach Bescheid, wenn's dir nicht gefällt, ja? Und den Dünger haben wir dir auch mitgebracht. Mann, ich sag dir, das Zeug stinkt einem die ganze Bude voll. Ich bin froh, wenn ich es los bin.«

Er hob einen Pappkarton hoch und sagte: »Die Sachen sind von Edith, aus ihrem Laden, ja? Nein, nein, ich trage sie dir schon. Lass mich nur machen. Winston! Ist das alles?«

»Ja, Dad.«

»Dann spring schon mal rauf zum Haus und setz das Teewasser auf. Die Sachen kannst du danach holen.«

Am liebsten hätte Samuel sich vor Winston aufgebaut und ihm zugerufen: »Nein, heute könnt ihr nicht reinkommen. Fahrt um Gottes willen wieder zurück. Lasst mich in Frieden.« Aber er biss sich auf die Zunge und steckte die Hand in die Hosentasche, machte eine Faust, in der sich der Leuchtturmschlüssel nach und nach erwärmte, während er mit schweren, schmerzenden Beinen langsam neben Chimelu herging.

»Hast du was von dem Affentheater im Parlament gehört?«, fragte der alte Freund. »Nein, bestimmt nicht. Wie denn auch? Na, jedenfalls geht es da drunter und drüber. Total. Korruptionsskandale an allen Ecken und Enden, Betrügereien, Oppositionsparteien, die im Parlament demonstrieren. Und das alles allein in den letzten vierzehn Tagen. Am Ende musste das Militär ran. Das war vielleicht ein Chaos! Der reinste Hexenkessel. Für jemanden wie dich muss es furchtbar sein, das zu hören, Samuel. Die ganzen Jahre, die du im Gefängnis gesessen hast, weil du gegen den Diktator aufgestanden bist, und jetzt? Wird schon wieder das Militär gerufen. So leid es mir tut … ich sage es wirklich nicht gern, aber viele Leute da drüben auf dem Festland vermissen die alten Zeiten. Klar, wir hatten Angst, das versteht sich von selber. Aber damals herrschte wenigstens noch Ordnung, es gab viel weniger Verbrechen. Heutzutage ist alles ein einziger Saustall.«

Oben am Leuchtturm angekommen, blieb er kurz stehen und hielt sich die Brust. »Dieser Berg macht mich jedes Mal fertig. Mir schlägt das Herz bis in die Ohren. Ich weiß nicht, wie du das schaffst, Samuel. Keine Ahnung.« Augenblicke später schlenkerte er locker mit den Armen, um zu zeigen, dass es seinetwegen ruhig weitergehen konnte. »Wie schon gesagt, alles ein einziger Saustall auf dem Festland. Ich darf gar nicht an die Straßen denken. Ein Schlagloch am anderen. Weißt du noch, wie gut sie früher waren? Na, mussten sie ja auch sein bei den ganzen Militärparaden und den Rolls-Royce-Konvois, oder? Dieser Präsident fliegt nur. Was kümmert es ihn da, dass seine Straßen scheiße sind?«

Samuel schob sich an ihm vorbei, um vor ihm ins Haus zu kommen. Er riss schnell die Decke von der Couch und warf sie über eine Armlehne, während Chimelu in die Küche durchging und den Karton auf den Tisch stellte.

Samuel machte sich darauf gefasst, dass ihm gleich Topf und Teller auffallen würden, die Gabel und der Löffel, die beiden Tassen auf dem Abtropfgestell. Wartete darauf, dass er fragte: »Ach was, hast du etwa eine Party geschmissen?« Aber Winston hatte die Tassen schon in Gebrauch genommen, und falls Chimelu die anderen Sachen überhaupt bemerkte, dachte er sich anscheinend nichts weiter dabei. Er kam wieder zurück ins Wohnzimmer und ließ sich laut seufzend auf der Couch nieder. »Weißt du, was du brauchst, Samuel? Eine Fußbank. Es gibt nichts Besseres für die Füße als eine Fußbank.«

»Vielleicht kann ich mir eine bauen. Holz habe ich.«

»Mehr brauchst du nicht. Holz und ein Kissen. Winston! Guck mal in den Karton auf dem Tisch. Deine Mutter hat Plätzchen mitgeschickt. Leider keine Selbstgebackenen, Sam. Sie hat die ganze Woche bis über beide Ohren in Pailletten gesteckt für das verdammte Kostüm.«

Winston brachte drei Tassen herein, die orangefarbene Plastiktasse nahm er selbst. Er ließ die Plätzchen herumgehen. Beim ersten Bissen verzog Chimelu das Gesicht und las das Etikett vor. »›Tropenpunsch – Der Geschmack von Hawaii.‹ Was für ein Quatsch, wer denkt sich denn so einen Blödsinn aus?« Aber er nahm sich trotzdem noch eins, hielt es in der Hand, während er das erste aufaß. »Schön hast du es hier draußen.« Er lehnte sich zurück. »Mehr braucht der Mensch nicht. Und sei froh, dass du so weit vom Festland entfernt bist. Es wird von einer Revolution gemunkelt, womöglich gibt es wieder einen Putsch.«

Samuel spülte die Krümel in seinem Mund mit einem Schluck viel zu süßem Tee runter. Winston machte den Tee immer zu süß. »Von einer Revolution ist doch schon seit ewigen Zeiten die Rede. Bloß passieren tut nichts.«

»Ich weiß, aber diesmal soll es ernst sein. An den Häuserwänden stehen Parolen, und angeblich finden im Untergrund Versammlungen statt. Genau wie damals, in den Sechzigern. Auch wenn du dich damit natürlich besser auskennst als ich.«

»Na, dann heißt es für uns wohl abwarten und Tee trinken.«

»Ja, viel mehr können wir nicht machen, wir alten Männer.« Chimelu nahm sich noch ein Plätzchen. »Ach, noch was, bevor ich's vergesse. Es ist schon wieder ein Kahn abgesoffen. Ein Flüchtlingsschiff mit Illegalen. Bloß ein paar Kilometer von hier, vor unserer Küste. Wann war das noch gleich, vorgestern?«

»Vor drei Tagen«, sagte Winston.

»Ja genau, vor drei Tagen. Überall sollen Leichen im Wasser gewesen sein. Da sag ich zu Keb: ›Jetzt brauchen deine Haie nicht mehr verhungern‹, sag ich zu ihm. Was hat der gelacht! Er hat gelacht, bis er spucken musste. Los, Winston. Lass Sam mal gucken. Du hast es doch auf dem Handy, oder? Es kam überall in den Nachrichten. Sonst nichts, keine anderen Meldungen. Bloß das untergegangene Schiff.«

Winston holte das Handy heraus und hockte sich neben Samuel auf die Armlehne mit der Decke. »Du musst es so halten«, sagte er und legte ihm den Apparat in die Hände. »Und jetzt auf das Dreieck in der Mitte drücken. Ja, das da. Ja, auf dem Bildschirm. Drücken.«

Er sah Menschen, so dicht an dicht aneinandergedrängt, dass das Boot nicht zu sehen war. Nicht einmal, als es auseinanderbrach, konnte man es erkennen. Nur Menschen, die stolperten, die stürzten, die mit den offenen Händen aufs Wasser schlugen. So viele, dass der kleine Bildschirm sie nicht alle fassen konnte. Samuel bewegte seine Finger, als wollte er den Menschen mehr Platz geben. Das Video blieb stehen.

»Was habe ich gemacht?«, fragte er.

»Keine Bange, wir lassen es gleich weiterlaufen. Aber du musst es so halten, ja? Also dann: Los geht's«, sagte Winston.

Da waren sie wieder, die Menschen, sie versanken im Wasser, trieben in den Wellen auseinander. Es war seltsam still, trotz der Panik, die nicht zu übersehen war. Aus der Ferne drangen Rufe, Schreie, leise nur. Schon ertranken auf dem kleinen Bildschirm die ersten Flüchtlinge. Ein Nebel aus hellbraunen langen Haaren wehte kurz durchs Bild. Der Mensch, der filmte, gab keinen Laut von sich. Kein Keuchen, keinen Ausruf.

Das Video stoppte. Samuel wartete einen Augenblick angespannt ab, ob es noch weitergehen würde.

»Das war's. Der Film ist zu Ende«, sagte Winston.

»Kann ich ihn noch mal sehen?«

»Aber klar, bitte schön. Ich hole so lange die letzten Sachen aus dem Boot rauf.«

Samuel sah sich das Video noch einmal an. Er hielt sich das Display ganz dicht vor die Augen, suchte nach dem Gesicht des Mannes aus dem Turm. Aber das Bild war zu klein, die Menschen zu zahlreich. Falls der Mann auf dem Boot gewesen war, konnte Samuel ihn nicht finden.

»Die haben es nicht anders verdient, was?«, sagte Chimelu. »Wer blöd genug ist, sich auf so einen morschen Kahn zu quetschen, um illegal in ein anderes Land zu kommen, braucht sich nicht zu beklagen, wenn er dabei draufgeht.«

Samuel gab ihm das Handy. »Warum zeigst du mir das? Bis jetzt haben die Flüchtlinge doch auch keinen gekümmert.«

»Nein, aber diesmal ist es ein internationaler Zwischenfall. Die Regierung will alle Leichen einsammeln. Angeblich soll es sogar eine Belohnung geben, aber das glaube ich nicht. Auf jeden Fall suchen sie nach ihnen. Hast du welche gefunden?«

»Leichen? Nein, ich habe keine Leichen gefunden.«

»Wundere dich nicht, wenn welche angeschwemmt werden. Halte die Augen offen. Du hast es ja selber gesehen, auf dem Boot waren Hunderte von Menschen.«

Winston klopfte an die offene Tür. »Ich hab den Dünger in den Garten gestellt, Onkel Sam. Okay?«

»Ja danke.«

»Also dann«, sagte Chimelu. »Dann wollen wir uns mal langsam wieder auf den Weg machen. Pass auf dich auf, Sam. Du siehst müde aus. Nimm dir doch einfach den Tag frei. Die Mauer kannst du genauso gut ein andermal reparieren. Wenn ich dir den Zement gebracht habe.«

»Vielleicht.«

»So ist es richtig. Nein, nein, du brauchst nicht mit zum Boot runterkommen. Wir kennen den Weg. Du bleibst schön hier und ruhst dich aus. Also dann, bis die Tage. Schon dich ein bisschen, okay?«

Während sie zum Steg hinuntergingen, hörte Samuel seinen Freund Chimelu noch brummeln: »Ja, mein Sohn. Der alte Sam macht's nicht mehr lange. Hast du gesehen, wie schlecht er heute beisammen war? So leid es mir tut, aber wir müssen uns wohl damit abfinden. Gut möglich, dass wir den armen Sam heute zum letzten Mal lebend gesehen haben.«

Der Schlüssel drehte sich nicht. Kein bisschen, da konnte er sich noch so anstrengen. Er holte die Ölkanne aus dem Haus und gab ein paar Tropfen darauf. Als er es erneut probierte, rutschten seine Finger von dem glitschigen Schaft ab und verfärbten sich rostorange. Er zog einen Lappen aus der Hosentasche, packte damit den Schlüssel und drehte ihn mit Gewalt herum. Metall quietschte, Rost rieselte aus dem Schloss. Nachdem er die Tür mit der Schulter aufgestemmt hatte, wischte er sich die Hände am Hosenboden ab. Mit einem Stückchen loser Haut, das er sich am Zeigefinger eingerissen hatte, blieb er an der Gesäßtasche hängen. Er steckte den Finger in den Mund, knabberte die Haut ab und spuckte sie aus.

»Du kannst runterkommen«, rief er die Treppe rauf. »Sie sind weg.«

Es kam keine Antwort, nur das Rauschen des Windes durch eine kaputte Fensterscheibe. Er rief noch einmal. »Komm runter. Die Luft ist rein.« Als sich der Mann immer noch nicht blicken ließ, stieg Samuel nach oben.

Das Licht erhellte fast die gesamte runde Kammer. Es gab kein Versteck, und der Mann duckte sich hinter die Glasprismen, die seine Form verzerrten, den Teil eines Arms, eine Wange, ein Stück von seinem Hemd. Bis Samuel um die Lampe herumgegangen war und ihm gegenüberstand, erschien er ihm als schartig, wie etwas, das zersplittert und schlecht wieder zusammengefügt worden war.

»Sie sind weg«, sagte er, aber der Mann blieb geduckt stehen. Samuel trat an eines der Fenster, die rings um den Raum verliefen. Er winkte den Mann zu sich heran und zeigte auf das Schiff, das aufs Festland zuhielt. »Siehst du? Sie sind weg.«

Der Mann runzelte die Stirn und streckte die Hand nach der Scheibe aus. Als er merkte, dass er beobachtet wurde, zog er sie schnell wieder weg und steckte sie in die Hosentasche. Er räusperte sich, drückte einen Zeh in einen Riss im Betonboden und schlurfte zu einem anderen Fenster weiter. Mit klatschenden Schritten ging er einmal die ganze Kammer ab und sah prüfend in alle Richtungen hinaus. Als er wieder vor Samuel stand, war von dem Versorgungsschiff nichts mehr zu sehen. Vermutlich hatte es auf der anderen Seite schon angelegt.

Der Mann zeigte zuerst auf Samuel, dann zum Festland und machte mit den Fingern einen Kreis, der wohl die Insel darstellen sollte. Er sagte ein paar Worte, dem Ton nach zu urteilen eine Frage.

Samuel überlegte kurz, dann antwortete er: »Kommt darauf an, was du wissen willst. Ob ich da drüben gelebt habe? Ja. Ob ich manchmal wieder rüberfahre oder irgendwann ganz dahin zurückwill? Da heißt die Antwort Nein.«

Mehr sagte er nicht dazu, auch nicht, dass er einmal tatsächlich fast rübergefahren wäre. Es war schon lange her, drei oder vier Jahre nachdem er als Leuchtturmwärter angefangen hatte. Damals war das Versorgungsschiff einmal in der Woche gekommen oder sogar noch öfter, wenn er es per Funk anforderte. Bei jedem Besuch hatten John und Chimelu auf ihn eingeredet, dass unter der neuen Regierung alles anders geworden sei – der Präsident ein guter Mensch, das Leben besser.

»Du brauchst keine Angst zu haben«, sagte John. »Das halbe Militär sitzt im Knast, die andere Hälfte in den Kasernen. Es ist nicht mehr wie früher. Wir sind wieder ein freies Volk.«

Chimelu, damals noch ein junger Mann, sagte: »Komm mit, Sam. Das Alleinsein tut dir nicht gut. Wann hast du das letzte Mal eine Frau gehabt?«

»Halt die Klappe«, sagte John.

Aber der andere ließ nicht locker. »Wieso? Das ist nicht gesund. Davon kann man Verstopfung oder Krebs kriegen.«

»Hör nicht auf ihn, Sam. Komm einfach für ein paar Stunden mit rüber. Gehst mal über den Markt, trinkst ein Bier. Machst dir ein paar schöne Stunden, erholst dich ein bisschen. Bis die Sonne untergeht, hab ich dich wieder zurückgebracht.«

Samuel wusste nicht mehr, warum er sich letzten Endes hatte breitschlagen lassen. Er erinnerte sich nur noch daran, wie er in dem Boot saß, wie Chimelu ihm eine schimmelige Schwimmweste zuwarf und ihm dabei half, sie anzulegen. Sein Geld hatte er in einem kleinen Lederbeutel, den er um den Hals trug, eine schwere, störende Last, die sich ihm in die Bauchfalte unterhalb der Rippen drückte. Das Band schnitt ihm in den Nacken, der Knoten wulstig vom feuchten Morgennebel. Er verlagerte sein Gewicht, lockerte die Schultern, zupfte am Kragen der Schwimmweste herum, um sich nicht so eingeengt zu fühlen.

Als der Motor ansprang und das Schiff sich rückwärtslaufend vom Anlegesteg entfernte, schwankte Samuel, und er hatte Angst, der Länge nach aufs Deck zu kippen. Aber er fing sich ab, hielt sich an der Kiste fest, die seine Sitzgelegenheit darstellte, und lehnte sich zurück, die Schwimmweste bis übers Kinn hochgezogen, bis über die Ohren und auch im Nacken weit nach oben. Er machte sich darauf gefasst, seekrank zu werden, doch obwohl er manchmal glaubte, dass es gleich losgehen würde, tat sich nichts – bis auf ein Grummeln im Bauch und starken Speichelfluss im Mund.

Mit gefalteten Händen sah er auf das nahe Meer und den Himmel hinaus, eines das graue Echo des anderen im Nebel. Inzwischen hatte das Schiff im weiten Bogen gewendet und hielt auf das Festland zu, eine weiße Gischtschleppe hinter sich herziehend. Das Land war nicht mehr als ein Schatten, etwas Langes, Flaches, Fernes, mit einem einzigen Licht, das ihnen, im Dunst schwimmend, den Weg wies.

John ließ sich von Chimelu am Steuer ablösen und setzte sich zu Samuel. Er zeigte in den Nebel, auf zwei Schemen, Fischerboote, wie er sagte. »Es sind noch mehr da draußen, die wir nicht sehen können. Die Bucht ist ein guter Fischgrund. Als ich ein Junge war, hat meine Mutter uns zum

Hafen geschickt. Da haben wir uns ausgezogen, sind ins Wasser gesprungen und haben mit den bloßen Händen Fische gefangen. Ohne Ruten, ohne Netze, ohne alles. Nur mit den Händen. Hast du das schon mal probiert?«

»Nein, ich war noch nie fischen.«

»Noch nie?«

»Nein, ich kann nicht schwimmen.«

»Aber das ist doch kein Grund. Wenn du eine Rute hättest, könntest du von einem Felsen auf deiner Insel aus angeln. Dafür braucht man nicht schwimmen zu können.«

»Vielleicht.«

»Vielleicht gilt nicht. Frischer Fisch – es gibt nichts Besseres auf der Welt. Er schmeckt köstlich. Ich krieg schon Hunger, wenn ich bloß daran denke.« Er hielt inne. »Und das Angeln wäre auch ein guter Zeitvertreib für dich. Du musst dich doch zu Tode langweilen, so allein den ganzen Tag, ohne mit jemandem reden zu können.«

»Ich komme gut zurecht. Das macht mir nichts aus.«

Trotzdem war er gespannt gewesen, wie es wohl sein würde, wieder unter Menschen zu sein. Schritte in den Straßen, Begrüßungen am Morgen, Gefeilsche der Markthändler, Gedränge in den Kneipen, Gelächter im Kino. Gesprächsfetzen im Park. Spielende Kinder. Frauen, die ein Pläuschchen hielten. Zigarettenqualm und Garküchen. Das Gurren der Tauben, das Bellen der Hunde. Während er im Boot saß, wurden all diese Sinneseindrücke für ihn lebendig. Menschen und Geräusche, die ihn bedrängten. Eine große Menschenmenge, die ihn zu zerquetschen drohte.

Die Schwimmweste war zu eng. Obwohl er daran riss, klebte sie ihm weiter im Nacken, ging sie ihm bis übers Kinn. Sie verströmte einen starken Geruch nach etwas nie Gewaschenem, nach etwas Altem, schon fast Vermodertem. Er drehte das Gesicht nach oben, doch der Geruch folgte ihm. Moder in der Nase, Schimmel auf der Haut. Der Beutel mit dem Geld auf seinem Bauch hatte sich in einen Eisklumpen verwandelt. Die Kälte brannte sich nach innen, bis seine Organe hart gefroren waren. Japsend schnappte er nach Luft, sah mit panisch aufgerissenen Augen zu John hinüber.

Aber der war aufgestanden, stand am Bug, hielt sich zum Schutz gegen die Sonne die Hand über die Augen. Denn der Nebel hatte sich plötzlich aufgelöst, als hätte es ihn nie gegeben. Und die Sonne lag als greller Fleck vor ihnen auf dem Wasser.

Der Hafen war bereits in Sicht. Auf der Kaimauer gingen Menschen hin und her, jede ihrer Bewegungen deutlich zu erkennen. Auch Stimmen hallten herüber, Geräusche, die Samuel sich eben noch eingebildet hatte. Die Panik lag ihm wie ein Klumpen im Körper, gefror ihm den Husten im Hals, sodass nur ein feuchtes Krächzen herauskam.

Ein Boot, das vor Kurzem angelegt hatte, wurde entladen. Männer kippten kistenweise Fische auf den Kai. Zappelnde, zuckende Körper, die, über- und untereinanderliegend, nach Luft schnappten. Hände griffen sich einzelne heraus, stachen den sich noch krümmenden Geschöpfen Messer in den Bauch. Ringsum färbten die Eingeweide die Pfützen rosa.

Die Menge schloss sich immer dichter um Samuel. Fremder Atem, der ihm ins Gesicht schlug, laute Stimmen, Hände, die sich nach ihm reckten. Inmitten der Erscheinungen sagte Samuel: »Bringt mich zurück.« Und noch einmal, lauter, weil keiner ihn gehört hatte: »Bringt mich nach Hause!«

John drehte sich um, ließ die Hand sinken. »Wie war das, Sam? Wir sind doch gerade erst angekommen. Wir können noch nicht wieder zurückfahren.«

Samuel rappelte sich hoch, hielt sich mit beiden Händen am Ruderhaus fest und wandte dem Festland den Rücken zu. »Nein. Bringt mich zurück. Ich will nach Hause.«

Sie stiegen die Treppe hinunter, Samuel mit der Schulter an der gewendelten Turmwand entlang. Er war wackelig auf den Beinen, als hätte er das Schiff damals nicht wieder verlassen, als wäre er nach all den Jahren noch immer an Bord, verzweifelt rufend, dass er nach Hause wollte. Die Stufen kippten ihm wie Wellen entgegen und drohten, ihn umzuwerfen.

Der Mann war dicht hinter ihm. Weil Samuel seinen Atem im Nacken hatte, ging er immer schneller. Er wollte nach Hause. Wenn er die Tür abschloss, die Fenster verriegelte und den anderen nicht hereinließ, würde er von der Insel verschwinden müssen. Denn der Mann hatte oben im Turm mit ihm gesprochen. Er hatte auf sich gedeutet und seinen unaussprechlichen Namen gesagt, sich gegen die Scheibe gepresst und fuchtelnd auf das Dach des Hauses gezeigt. Und dann hatte er sich umgedreht und Samuel angesehen.

Der hatte so getan, als ob er ihn nicht verstand. Schief vor sich hin pfeifend, war er rüber auf die andere Seite der Kammer gegangen. Der Mann wollte ihm folgen, aber Samuel blieb nicht stehen und achtete darauf, dass immer die Linse zwischen ihnen blieb. Er wusste genau, was der Mann gesagt hatte, und wollte es nicht noch einmal hören: »Von jetzt an wohne ich da.« Samuel hatte gar nicht überlegt, was eigentlich aus dem Mann werden sollte, nachdem das Schiff wieder abgelegt hatte. Aber jetzt war er hier und konnte nirgendwohin, außer dahin, woher er gekommen war. Nur gab es für ihn keinen Weg zurück. Er war hier. Er würde bleiben.

Am oberen Ende der Treppe blickte Samuel sich um, sah den Mann durch die Linse hundertfach gebrochen. Dahinter das Meer, darauf der Mann selbst, zu Hunderten auf dem Wasser treibend, auf der Suche nach einem Ort, um an Land zu gehen.

Den Fremden auf den Fersen, lief Samuel so schnell er konnte die Treppe hinunter, um sich in seinem Haus in Sicherheit zu bringen. Wenn doch bloß die Stufen, die ihm wie Wellen entgegenkamen und sich an seinen schlurfenden Füßen brachen, einen Augenblick innehalten würden. Nur einen Augenblick, bis sich in seinem Kopf nicht mehr alles drehte und sich in seinem Mund kein Speichel mehr sammelte. Während dieser Atempause würde er die Entfernung ohne Mühe überwinden.

Als er aus dem dunklen Turm kam, stolperte er, vom Licht geblendet. Aus irgendeinem Grund verlor er das Gleichgewicht, stürzte kopfüber die drei Stufen hinunter und schlug hart im Sand auf. Er blieb reglos liegen. Bekam keine Luft, sein Atem rasselte laut. Seine Handflächen brannten. Das linke Knie tat ihm weh. Und er blutete, vielleicht am Kinn. Er konnte das Blut riechen.

Man hatte ihn zu Fall gebracht. Der Mann hatte ihm ein Bein gestellt, so musste es passiert sein. Der Mann wollte nicht, dass er nach Hause lief. Samuel hob den Kopf an. Es waren keine zehn Meter mehr bis zur offenen Tür. Ringsum umgab ihn Meeresrauschen. Ihn schwindelte, er senkte den Kopf. Die Wellen umfingen ihn mit ihrem ständigen Auf und Ab, doch sie trugen ihn nirgendwohin.

»Ich will nach Hause«, sagte er. »Bring mich nach Hause.«

Eine Hand lag auf ihm, half ihm hoch. Sonnenblind konnte er nichts sehen, hörte nur die Stimme sagen: »Hast du dir wehgetan? Brauchst du Hilfe?«

»Ich wusste es«, sagte Samuel. »Ich wusste, dass du sprechen kannst.«

Das Gesicht des Mannes, deutlicher zu erkennen jetzt, war dunkel und ausdruckslos. Sein Mund bewegte sich nicht, obwohl er weitersprach. »Lass mich dir helfen. Wo wolltest du hin?«

»Nach Hause.«

Der Mann half ihm durch die Tür, half ihm, sich auf die Couch zu legen. Um Samuel herum waren nur Schatten und Dunkelheit. Das Meer, die Wellen waren verschwunden. Stattdessen waren da andere Geräusche. Verkehrslärm, Menschen. Das Rumpeln von Lastwagen und Autos, Motorrädern, Bussen. Rufe. Hundegebell. Die weiche Couch unter ihm verwandelte sich in harten, sonnenheißen Beton. Über ihn gebeugt, fragte eine Frau: »Hast du dir wehgetan, Onkel?«

Ihre spröden, rissigen Füße waren stellenweise weiß. Aber ihr rundes Gesicht glänzte feucht, und dunkle Schwitzflecken auf dem Kleid zeichneten ihre Speckrollen nach. Es gelang ihr nur mit Mühe, sich über ihren Bauch hinweg zu bücken, und sie keuchte leise, als sie sagte: »Komm, Onkel. Du kannst hier nicht im Dreck liegen.« Sie half ihm hoch. Ihre Hände waren nass, und seine Finger rutschten ihr weg. Er hatte Angst, zu stürzen und sich an der Wand den Kopf anzuschlagen.

»Wo wolltest du hin?«

Samuel zeigte auf das Gebäude hinter sich.

Die Frau wischte sich den Schweiß aus dem Gesicht und redete langsam auf ihn ein. »Nein, Onkel. Das ist doch der Palast, das Gefängnis. Da bist du gerade rausgekommen. Ich war auf der anderen Straßenseite. Ich habe gesehen, wie sie dich rausgelassen haben.«

»Ja, ich wohne da.«

»Nein, Onkel. Da kannst du nicht mehr wohnen. Du bist jetzt ein freier Mann. Du kannst nicht mehr zurück. Hast du keine Familie? Wo hast du früher gewohnt? Kannst du nicht dahin gehen?«

»Ich weiß nicht.«

Die Frau legte den klammen Arm um ihn, brachte ihn über die Straße und bot ihm unter einer als Schattenspender aufgespannten Plane einen Betonziegel zum Sitzen an. Neben dem Stein lagen viele bunte Bonbonpapiere, in Gelb, Hellrosa und Blau, und Schaschlikspieße, dunkel verfärbt vom Fleischsaft. Die Frau gab Samuel eine mit schmierigen Fingerabdrücken übersäte Plastikflasche, und während er das lauwarme Wasser trank, wedelte sie mit einem schmutzigen Tuch über den gekochten Schafsköpfen hin und her, die auf einer fettigen Zeitung nebeneinanderlagen. Die Wäscheleine hinter ihr war schwarz von den daran hängenden Fleischstücken, Hühnerfüßen und Kälberzungen. Träge stiegen die Fliegen vor dem geschwenkten Lappen in die Luft, kamen zurück, wurden wieder vertrieben und durften sich schließlich endgültig zum Fressen niederlassen.

»Wie lange warst du im Bau, Onkel?«, fragte die Frau.

»Ich kann mich nicht erinnern. Vielleicht fünfundzwanzig Jahre, ich weiß es nicht.«

»Kein Wunder, dass du ein bisschen neben dir stehst.«

»Ich stehe nicht neben mir. Das ist mein Zuhause, da drüben.«

»Ein Gefängnis kann nicht dein Zuhause sein.« Sie gab ihm einen Spieß mit dunklem Fleisch. »Hau rein.«

Mit den paar lockeren Zähnen, die ihm geblieben waren, konnte er das Fleisch kaum kauen. Während er daran herumlutschte, verkroch er sich in sein Schneckenhaus, vor den andrängenden Gebäuden und Menschen zurückweichend, vor dem Getöse des Verkehrs und dem unaufhörlichen Hin und Her. Nichts davon hatte es gegeben, als er ins Gefängnis gekommen war. Damals war es hier still und ruhig gewesen, hauptsächlich Weideland. Manchmal konnte man zwischen dem Meißeln und Hämmern muhendes Vieh hören, das Pfeifen eines Hirtenjungen oder ein Lied. Das alles gab es nicht mehr. Nur dieses Chaos, gesäumt von grinsenden Schafsköpfen, während er kaute und kaute und kaute, in der Hoffnung, dass er sich ans Schlucken erinnern würde.

Vom Gefängnishof aus wurden sie am ersten Tag im Gänsemarsch durch drei verschiedene Flure geführt, von denen rechts und links Zellen abgingen. Am Ende des letzten Korridors sperrte der Wärter eine Tür auf, deren frisch gestrichene Gitterstäbe bereits mit schmierigen Fingerabdrücken übersät waren. An den nackten Betonwänden zeichneten sich ähnliche Spuren ab – bis zur Decke und an der Decke. Ob die Gefangenen ein Wettspringen veranstaltet hatten, um zu sehen, wer den höchsten Handabdruck hinterlassen konnte? Oder sie hatten sich auf die Schultern der Mitgefangenen gestellt und versucht, das Dach zu kippen, um Luft reinzulassen, denn es gab kein Fenster, und der braun verkrustete Eimer in der Ecke war von einer Wolke aus Fliegen und Gestank umgeben. Stellenweise war der Boden dunkel von noch nicht getrocknetem Urin.

Neben der offenen Tür lag ein Stapel Bastmatten. Jeder Gefangene nahm sich eine, als er die Zelle betrat, und suchte sich einen Platz zum Sitzen. Als die Matten verteilt und der Raum voll waren, sagte der Wachmann: »Platz machen, Platz machen. Da kommen noch welche.« Neun Männer warteten vor der Tür, während die, die bereits in der Zelle waren, so gut es ging zusammenrückten. Einer der neun, ein Mann mit ausrasiertem Seitenscheitel, hockte sich neben

Samuel und schlug lächelnd die Beine übereinander. Erst als der Wärter abgeschlossen hatte und gegangen war, drehte er sich zu Samuel um und sagte: »Bin mal gespannt, ob sie uns was zu essen geben.« Es gab zwar keine Deckenlampe, aber aus dem Flur flutete helles Licht in die Zelle. In der Ohrmuschel des Mannes entdeckte Samuel Sandkörner aus dem Hof und noch mehr auf der Kopfhaut und zwischen den Haaren. Er hatte zwei halb verheilte Wunden im Gesicht und Schorfringe um die Handgelenke. Er knibbelte an dem linken Ring herum, bis sich ein Stück Kruste löste. Nachdem er es sich genau angesehen hatte, steckte er es in den Mund. Als er merkte, dass Samuel ihn beobachtete, grinste er. »Keine Bange. Ich bin kein Kannibale.« Er lachte leise, ein Glucksen tief im Rachen. »Aber der Diktator soll einer sein. Es wird gemunkelt, dass er seine Feinde frisst. Wusstest du das? Er hat den Präsidenten gefressen – roh.«

»Das stimmt nicht«, sagte Samuel. »Der Präsident wurde erschossen und in den Straßengraben geworfen. Seine Leiche war unversehrt. Den hat keiner gefressen.«

»Ach.« Der Mann machte ein enttäuschtes Gesicht. »Wenn er seine ganzen Feinde fressen würde, müsste er ja auch eigentlich sehr viel fetter sein. Ich dachte mir gleich, dass die Geschichte nicht stimmen kann. War bloß so dahergeredet. Und man hört schließlich so einiges.«

Die anderen Gefangenen richteten sich für die Nacht ein und machten es sich so bequem wie möglich. Der Mann rückte näher an Samuel heran, um einem Beinpaar auszuweichen. »Ich heiße Roland«, sagte er.

»Samuel.«

»Warst du auf der großen Demo dabei?«

»Ja.«

»Ich auch, mit ein paar Leuten von der Uni. Ich will Lehrer werden. Eigentlich für Naturwissenschaften und Mathe, aber wir müssen auch Englisch belegen. In zwei Wochen haben wir Prüfung.«

Samuel nickte, während Roland sich hinlegte und die Beine anzog. Viel Platz war ihm nicht geblieben. Der Student murmelte vor sich hin, schüttelte ab und zu den Kopf und fing dann mit der gemurmelten Litanei wieder von vorn an. Samuel lehnte sich mit dem Rücken an die Wand, legte den Kopf in den Nacken und zählte die an der Decke verteilten Handabdrücke. Irgendwo, in einem der vielen Flure, schrie ein Mann.

Am nächsten Tag und auch an den meisten anderen Tagen bekamen sie zu essen. Nie viel, aber stets genug, dass sie schlafen, aufstehen und arbeiten konnten. Sechs Tage in der Woche klopften sie auf dem Gefängnishof Steine. Obwohl die Hämmer nur ausgetauscht wurden, wenn sie auseinanderfielen, fühlten sie sich mal leichter und mal schwerer an. Sonntagmorgens wurden die Männer von einer Predigt geweckt, die statisch knatternd aus einem Lautsprecher im Flur dröhnte. Eine Stunde lang wurden sie mit Nachrichten beschallt, dass der Diktator ein Auserwählter Gottes sei und – genau wie der liebe Gott – als gütiger Vater über sie wache. Er liebe sie. Er habe Großes mit ihnen vor. Das Einzige, was er dafür von ihnen erwarte, sei Gehorsam. Das sei doch wirklich nicht zu viel verlangt. Ein bisschen Gehorsam für so viel Liebe?

Wenn die Gefangenen darüber murrten oder knurrten, klopfte der Wärter mit dem Gewehr an die Gitterstäbe und raunzte: »Schnauze! Zuhören!«

Samuel betrachtete seine abgebrochenen Fingernägel, blickte sich in der Zelle um, sah in die Gesichter der anderen Männer, sah zu, wie Roland mit geschlossenen Augen vor sich hin murmelte. Nach der Predigt hatte der Tag nichts mehr zu bieten, es gab keine Ablenkung in der engen, luftlosen Zelle, in der man nichts machen konnte außer einander beim Scheißen zusehen und dösen.

Zwei Wochen kamen und gingen. Roland sagte: »Sieht so aus, als ob ich das Examen auf nächstes Semester verschieben muss. Ich darf bloß den Stoff nicht vergessen, während ich hier festsitze.« Sein Gemurmel wurde immer inbrünstiger, und jeden Abend sagte er zu Samuel: »Bestimmt ist es morgen so weit. Ganz bestimmt. Die behalten uns doch nicht länger als einen Monat hier, garantiert nicht länger als einen Monat.«

Bald wurden die ersten Männer aus dem Gefängnishof weggebracht oder nachts aus der Zelle geholt. Roland sagte: »Siehst du, Samuel? Ich hab's ja gewusst.« Aber wenn die Männer nach Stunden oder Tagen wieder zurückkamen, schwarz gefoltert und geprügelt, schwieg er und sah sie nur düster an. Eines Nachts rüttelte er Samuel wach. »Diese Kerle sind Idioten«, sagte er. »Bestimmt weigern sie sich, den Treueeid auf den Diktator abzulegen. Meinst du nicht auch? Deswegen werden sie zusammengeschlagen. Hör zu, Samuel. Wenn sie uns holen kommen, müssen wir den Eid schwören, auf jeden Fall. Dann kehren wir ins Leben zurück, und ich mache mein Examen und werde Lehrer. Da ist doch nichts dabei. So schlimm ist er ja nun wirklich nicht, nein. Also, abgemacht? Wir schwören, ja? Wir schwören.«

Samuel klopfte ihm auf die Schulter. »Wir schwören.« Dabei wusste er, dass es damit noch lange nicht getan wäre.

In der nächsten Woche wurde Roland aus dem Gefängnishof abgeholt. Lächelnd reckte er den Daumen in die Höhe. Er kam nicht zurück.

Samuel wachte auf der Couch auf. Der Mann kniete neben ihm, sagte seinen Namen. Er hielt ihm eine Tasse hin. Der Tee dampfte, ein paar Körnchen Zucker glitzerten innen am Tassenrand. Der Mann war in der Küche gewesen, hatte in den Schränken gewühlt. Samuel stieß die Tasse weg, sodass der Tee auf den Teppich schwappte. Er rappelte sich mühsam zum Sitzen hoch. Als er sich die Augen reiben wollte, entdeckte er die frischen Abschürfungen an seinen Händen und erinnerte sich an den Sturz. Er rückte weg, nur ein kleines Stückchen, weg von dem Mann, der vor ihm kniete, und hielt sich die Augen zu. Es kam ihm so vor, als hätte er geträumt, aber er wusste nicht mehr, was oder wovon. Er war irgendwo gewesen, hatte etwas sagen oder vielleicht auch tun wollen, etwas zu Ende bringen, sich erinnern. Er schüttelte den Kopf und drückte auf seine Augen, bis seine Handflächen auf den Wangen lagen und seine Wunden brannten, auch eine halb verschorfte Abschürfung am Kinn.

Er musste an die Blasen vom Steineklopfen im Gefängnis denken, und es war ihm, als kehrte er wieder in den Traum von gerade eben zurück, fände ihn aber so verändert vor, dass er sich erst darin orientieren musste. Da waren sie, die Blasen an seinen Händen, die sich füllten und leerten und anscheinend nie wieder heilen wollten. Am schlimmsten schmerzten sie, wenn sie mit Wasser in Berührung kamen, an den Tagen, wenn sich die Gefangenen waschen durften, wenn die Wunden brannten und weich wurden. Danach rissen seine Hände auf und schuppten sich, und er knibbelte nervös an der Haut herum. Das machte er jedes Mal, wenn er in den Verhörraum gebracht wurde, ganz gleich, wie oft man ihn schon geholt hatte, ganz gleich, nach wie vielen Jahren.

Er hatte Angst in dem Raum, auch wenn man ihm nach dem ersten Verhör nie wieder gedroht hatte. Doch empfand er die Todesnähe und die unterschwellige Gewalt als so beklemmend, dass ihm flau wurde. Dass er blubberte und log und an seiner Haut kaute. Er fragte sich, wann sie wohl mit ihm fertig wären, wann sie ihn entlassen würden. Und als er die Verhörbeamten gut genug kannte, hatte er sie einmal nach Roland gefragt, warum der die Gelegenheit bekommen hatte, den Treueeid abzulegen, er selbst aber nicht.

»Was redest du?«, fragte Bila, der ältere der beiden Beamten, der ruppigere. Manchmal erschien er unrasiert, mit grauen Stoppeln und einer Bierfahne.

»Der Lehrerstudent«, antwortete Samuel. »Wir sind zusammen eingeliefert worden. Er wurde letztes Jahr entlassen.«

»Das glaubst du im Ernst? Dass er draußen ist? Dass er draußen unterrichtet? Einer wie der? Du glaubst, so läuft das? Dass man rausdarf, wenn man dem Diktator die Treue schwört?«

»Dann war es nicht so? Aber wo ist er geblieben?«

»Das hat dich nicht zu interessieren. Von dir erwarten wir nur, dass du uns sagst, was wir wissen wollen.«

»Soll das heißen, dass er tot ist? Ja? Er war harmlos. Er wusste nichts.«

Der andere Mann, Essien, der an einer Hautkrankheit litt, die einen Teil seines Körpers weiß färbte, steckte eine Zigarette an und gab sie Samuel.

»Komm«, sagte er. »Legen wir los. Was hast du diese Woche für uns? Was weißt du?«

Und wie jedes Mal nannte Samuel Namen, berichtete, was in der Zelle geredet wurde, beantwortete Fragen über Sachen, die draußen vor sich gingen, über Organisationen und Bewegungen und Leute, von denen er noch nie etwas gehört hatte. Im Gegenzug wurde er nicht verprügelt, bekam eine Tasse süßen Kaffee und ein Butterbrot, durfte weiterleben.

Natürlich trauten ihm die anderen Gefangenen nicht über den Weg. Sie fanden die ständigen Verhöre, aus denen er unversehrt zurückkehrte, verdächtig. Mit der Zeit fingen sie an, ihn zu meiden, ihn kalt und abweisend zu behandeln. Sie drehten ihm beim Einschlafen den Rücken zu und unterhielten sich, wenn er in der Nähe war, nur noch im Flüsterton. Er war darauf gefasst, im Schlaf erstickt oder mit einer heimlich zurechtgeschliffenen Waffe erstochen zu werden. Auch auf dem Gefängnishof rechnete er jederzeit mit seiner Ermordung, einem Schlag mit dem Hammer, so plötzlich, dass er nicht mal mehr schreien konnte. Der Tod war sein Begleiter, stand abwartend neben ihm.

Doch man rührte ihn nicht an. Die Gefangenen glaubten, er sei von Wert für die Beamten, und dass sie, wenn sie ihm etwas antäten, aus der Zelle geholt und auf Nimmerwiedersehen verschwinden würden. Deshalb taten sie ihm nichts. Wenn neue Gefangene eingeliefert wurden, rieten sie ihnen, sich von ihm fernzuhalten, weil er wegen seiner ansteckenden Feigheit in Dauerquarantäne sei.

Samuel stand auf und schlurfte durchs Wohnzimmer in die Küche. Weil er noch etwas wackelig auf den Beinen war, musste er sich an der Rückenlehne der Couch, am Türpfosten und an den Sprossen des Küchenstuhls festhalten. Der Mann ging mit halb ausgebreiteten Armen hinter ihm her, um ihn notfalls aufzufangen.

»Noch bin ich nicht tot«, sagte Samuel, und als der andere ihn fragend ansah, brüllte er: »Ich bin nicht tot! Noch nicht, verflucht!«

Der Mann wich mit erhobenen Händen zurück.

Samuel lehnte sich an die Spüle, drehte den Hahn auf und wusch sich die Hände, wusch sich mit Seife den Dreck aus den Wunden. Das Wasser, das er sich ins Gesicht spritzte, tropfte hellrot zurück ins Becken. Der Traum ließ sich einfach nicht abschütteln. Er befand sich immer noch im Gefängnis, noch immer hinter den Mauern. Doch obwohl er so viele Jahre dort verbracht hatte, besaß er nicht mehr als ein paar verstreute Erinnerungen daran. Als wären es nicht Jahre über Jahre, sondern nur ein Tag gewesen. Ein Tag, den er immer wieder durchlebt hatte und noch immer durchlebte.

Er wischte sich über das Gesicht, trocknete sich die Hände ab und ging die paar Schritte quer durch die Küche. Um den Kopf freizubekommen, hätte er an die frische Luft gemusst. Aber er hatte das Gefühl, im Haus gefangen zu sein, nicht hinauszukönnen. In der Küchentür blickte er sich um. Er hatte ein Flüstern gehört. Neben dem Mann saßen die beiden Verhörbeamten am Tisch. Bila sagte: »Augenblick, bevor du gehst. Ich wollte dir noch was sagen. Dein Vater ist tot.«

Samuel schwieg. Er ließ die Hand sinken, fand eine Tür, eine Klinke. Im Flur wurde er bereits erwartet, um auf den Gefängnishof zurückgebracht zu werden. Das war in seinem neunten Jahr gewesen, vielleicht auch im zehnten. Die Uniformen waren da bereits andere, nicht mehr khakifarben, sondern schwarz. Der Wärter trug Stiefel, deren Leder matt und stumpf war, und unter den Knien hatte er Staubflecken, als hätte er gekniet und vergessen, die Hose gründlich abzuklopfen. Ob der Mann gebetet hatte?

»Er war Mitglied der Unabhängigkeitsbewegung, oder?«, fragte Bila.

»Ja.«

Bila rauchte seine Zigarette zu Ende. Essien hielt eine Tasse in der Hand, trank aber nicht.

»Wurde er nicht angeschossen? Bei einer Demo?«, fragte Bila.

»Zum Krüppel geschossen, ja.«

»Für einen Mann wie ihn muss es sehr schwer gewesen sein, einen Sohn wie dich zu haben. Einen Rebellen gegen die Unabhängigkeit, gegen unser Land.«

»Ich war nie gegen unser Land, nie gegen die Unabhängigkeit. Ich war bloß gegen den Scheiß, der danach kam.«

Bila warf die Kippe auf den Boden, zu den mindestens zwanzig anderen, die da schon lagen, zum Teil noch glimmend und schwarze Kreise auf den Boden malend.

»Sag, was du willst, aber eins steht fest: Deinetwegen hat dein Vater kein anständiges Begräbnis gekriegt.«

»Was soll das heißen?«

Essien stellte die Tasse ab, leckte sich über die Lippen. »Das ist jetzt Gesetz. Man braucht einen Erlaubnisschein, um einen toten Angehörigen zu beerdigen.«

»Einen Erlaubnisschein?«, sagte Samuel. »Das verstehe ich nicht. Wo ist das Problem?«

»Wer mit einem Rebellen zu tun hat oder verwandt ist, kriegt den Schein nicht.«

Samuel fasste sich an die Stirn, kniff sich in die Augenbraue. »Und was wird dann aus dem Toten?«

Bila zuckte nur mit den Schultern, aber Essien sagte: »Keine Ahnung. Manche Leute begraben ihre Angehörigen anscheinend bei sich im Garten.«

»Wir haben keinen Garten.«

Bila stand auf. »Pass auf, Mann. Das geht uns nichts mehr an. Wir haben dir Bescheid gesagt, und damit hat sich's. Das war's.« Er ging, ohne den Salut des Wärters zu erwidern.

Essien stand ebenfalls auf, trat zu Samuel und legte ihm die Hand auf die Schulter. »Er war in der Unabhängigkeitsbewegung. Da findet sich doch einer, der hilft. Der ihm ein Plätzchen in seinem Garten abgibt. Man lässt ihn nicht im Stich, bestimmt nicht.«

»Es ergibt keinen Sinn. Dieses Gesetz. Es ergibt überhaupt keinen Sinn.«

Essien warf einen Blick in den Flur, raunte Samuel die Antwort direkt ins Ohr. »Draußen ist der Teufel los. Keiner ist mehr sicher. Der Diktator ist wahnsinnig. Er glaubt, alle wären hinter ihm her. Ich habe meinen Kindern beigebracht, mit zugehaltenem Mund ins Bett zu gehen. Wer weiß denn, was sie sonst womöglich im Schlaf reden und wer ihnen zuhört?«

Danach musste Samuel nur noch ein einziges Mal in den Verhörraum. Bila war inzwischen in Rente, und sein Nachfolger, ein Mann in Anzug und Krawatte, der einen Aktenordner mit Dokumenten bei sich hatte, war jetzt Essiens Vorgesetzter. Rauchen und süßen Kaffee trinken gab es bei ihm nicht. Er befragte Samuel zu Organisationen und Aktivisten, sprach ihn auch auf die anderen Gefangenen an. Samuel stöpselte sich seine Antworten zurecht, aber der Mann fiel nicht darauf herein. Er sagte: »Der Kerl weiß nichts. Mit dem verplempern wir bloß unsere Zeit. Es gibt echte Feinde unserer Freiheit, die wir dingfest machen müssen. Er soll zurück an die Arbeit. Wir haben keine Verwendung mehr für ihn.«

In den folgenden Jahren redete Samuel, der von seinen Mitgefangenen nach wie vor ignoriert wurde, manchmal wochenlang kein Wort. Sein Leben war Schweigen, nachts zwang man ihn zum Schlafen in eine Ecke, an die Gitterstäbe gepresst. Gegen die Einsamkeit dachte er zurück an die Gespräche, die er früher geführt hatte, sogar an die

Verhöre. Wie gern hätte er seinen Zellennachbarn angesprochen, ihm ein paar Worte zugeflüstert. Nur, um eine Antwort zu bekommen.

Die Wärter im Palast wechselten ständig. Sie wurden in die unterschiedlichsten Landesteile und in immer wieder neue Gefängnisse versetzt, damit sie zu niemandem eine Beziehung aufbauen konnten. In einem Jahr wurde der Flur monatelang von einem dicken, nicht mehr ganz jungen Mann bewacht. Er war nett, schrie nicht rum, trat nicht zu. »Was du nicht willst, das man dir tu …«, sagte er oft. Abends wünschte er ihnen eine angenehme Nachtruhe, während er, Kirchenlieder vor sich hin singend, vor den Zellen auf und ab ging. Der Mann hieß Disciple, und wenn man ihn danach fragte, erklärte er: »Disciple, der Jünger – das ist nicht der Name, den mir meine Eltern gegeben haben, sondern der Name, den Gott mir gegeben hat, als ich zu ihm fand. Zuerst als Sünder, dann als Jünger.«

Eines Nachts blieb er vor Samuel stehen, der mit dem Kopf am Gitter lehnte, die Arme um die Knie geschlungen. »Ich habe dich beobachtet, Bruder. Es geht dir nicht gut. Du schläfst nicht. Du hast eine gequälte Seele.«

Samuel sah nicht hoch. »Was weißt du denn schon?«

»Nur, was ich sehe. Es steht dir ins Gesicht geschrieben. Du musst die Dämonen, die in dir hausen, verjagen. Gott wird dir deine Sünden vergeben, wie er mir meine vergeben hat. Er ist bereit, er wartet. Du brauchst ihn nur zu bitten.«

»Du irrst dich, Bruder. Ich habe ihn gebeten. Er will von mir nichts wissen.«

»Das kann doch gar nicht sein, Bruder.«

»Nein?« Samuel hob den Kopf, runzelte die Stirn. »Sieh mich an. Ich habe jeden Menschen verraten, den ich kenne, und viele, die ich nicht kenne. Ich bin von Männern umgeben, die sich nichts sehnlicher wünschen als meinen Tod.«

»Ja, du hast viele verraten, das ist wahr. Eins aber ist viel wichtiger: dass du dem Einen treu geblieben bist, auf den es ankommt. Seine Höchste Hoheit, den Beschützer der Nation und Erlöser der Menschen.«

»Du meinst Gott? Dem bin ich nicht treu gewesen.«

»Nein, nicht Gott. Ich meine unseren großen Herrscher, den Diktator, wie manche ihn nennen. Aber so lautet sein amtlicher Titel.«

»Das ist sein Titel? Der ganze Bandwurm?«

»Ich glaube, er ist sogar noch länger, aber ich weiß nicht mehr alles.«

»Wahrscheinlich sollte es mich nicht wundern, dass er sich so nennen lässt. Erinnerst du dich an die Siegesparade nach dem Staatsstreich? Was für ein Aufwand, was für ein Pomp!«

»Natürlich erinnere ich mich daran«, antwortete Disciple. Lächelnd klopfte er mit dem Finger leicht an einen Gitterstab. »Ich war ja selber da. Er hat uns befreit, uns vor einem Präsidenten gerettet, der uns alle verraten hatte. Vor einem Präsidenten, der seine Freunde an die Schaltstellen der Macht gesetzt hatte, die dann nur noch in die eigene Tasche gewirtschaftet haben. Alles andere, das Volk und so weiter, das war alles vergessen.«

»Und wo ist der Unterschied zum Diktator, dessen Brüder, Freunde und Cousins auch im Autokonvoi mitfahren? Denen er Machtpositionen verschafft hat? Wo ist da der Unterschied? Und die vielen Leute, die er umgebracht hat?«

»Nein, Bruder, komm. Das reicht. Er hat uns gerettet. Nach all den Jahren im Gefängnis weißt du das immer noch nicht?«

Samuel schwieg einen Augenblick. Er wandte den Kopf ab, blickte zu den schlafenden Männern um ihn herum. »Willst du wissen, was ich nach all den Jahren weiß?«

»Sag es mir.«

»Ich weiß, dass ich keine Ahnung habe, wie mein Kind aussieht. In meiner Vorstellung ist der Junge noch ein Baby, ein kleines Kind, das ich zuletzt auf dem Arm meiner Mutter gesehen habe, an dem Morgen, als ich zu der großen Demonstration gegangen bin. Für mich hat sich draußen nichts verändert, rund um meinen Sohn ist die Welt stehen geblieben. Meine Schwester ist ein Teenager, die Mutter meines Babys ist noch immer auf dem Protestmarsch zu der Statue, meine Eltern sind am Leben. Nichts hat sich verändert. Sogar hier drin vergesse ich, dass die Zeit vergeht. Manchmal erhasche ich einen Blick auf mein Spiegelbild im Fenster. Ich erkenne mich nicht. Wer ist dieser Mann, würde ich am liebsten fragen.«

»Die Frage brauchst du nicht zu stellen. Es ist, wie ich es dir gesagt habe: Er ist ein Mann, der sich als treu erwiesen hat.«

Samuel wandte sich wieder dem Wärter zu. »Sag das nicht. Ich war immer nur einem treu: mir selbst.«

Der späte Nachmittag drohte grau und regnerisch zu werden. In einer Metallschüssel mit warmem Wasser löste Samuel Hefe auf. Er gab Zucker und Salz dazu und ließ das Ganze kurz stehen, während er die alte Keksdose holte, in der er das Mehl aufbewahrte. Er maß nichts ab, wusste aus Erfahrung, wie viel er brauchte.

Der Mann saß ihm gegenüber am Tisch und sah ihm zu. Er lehnte sich breitbeinig auf dem Stuhl zurück und stocherte in einer Packung nach einem Tropical-Punch-Plätzchen. Als er eins zu fassen bekam, raschelte das Plastik, und es raschelte noch einmal, als er das Plätzchen herauszog. Er steckte es im Ganzen in den Mund und kaute laut mit halb geöffnetem Mund. Samuel fasste in die Schüssel und fing dabei den Blick des Mannes auf, der jede seiner Bewegungen beobachtete. Obwohl er das erste noch gar nicht aufgegessen hatte, nahm er sich schon das nächste Plätzchen.

Samuel sah nach unten. Er hatte Dreck in den Falten der Fingerknöchel und unter den Nägeln, und es klebte auch noch Schmutz an seinen aufgeschürften Handflächen. Er ging zur Spüle, wusch sich die Hände noch einmal mit Spülmittel und trocknete sie mit dem alten braunen Handtuch ab, das am Backofen hing. Er beugte sich wieder über den Tisch und fing an, den Teig zu kneten. Unter dem Druck seiner Hände bildete sich eine Kugel, wurde elastisch und warm. Er stellte die Schüssel auf die Arbeitsplatte und breitete ein Geschirrtuch darüber, um den Teig ruhen zu lassen.

Als er sich wieder umdrehte, malte der Mann mit der Fingerkuppe in dem auf dem Tisch verstreuten Mehl. Es war nicht viel mehr als ein gelangweiltes Gekrakel. Doch als Samuel nähertrat, löschte er es blitzschnell aus, wischte das Mehl vom Tisch in seine offene Hand. Er streckte sie Samuel hin, eine Frage.

»Da drüben.« Samuel zeigte auf einen grauen Plastikeimer. Er stellte die Zutaten weg und fegte mit einem trockenen Lappen das restliche Mehl auf den Boden. Nachdem er den Karton, den Edith ihm mitgeschickt hatte, auf den Tisch gehoben hatte, faltete er sorgsam die Seiten des Deckels herunter, damit sie nicht zurückklappen konnten. Der Mann machte sich wieder über die Plätzchen her. Er pulte sich etwas aus den Zähnen, lutschte den Krümel vom Fingernagel und kaute weiter. Samuel holte einen Stapel halb zerfledderter Zeitschriften aus dem Karton. Auf dem Titelblatt des obersten Hefts prangte das Bild einer Frau, die ein silberfarbenes Kleid trug, die Augenlider buschig mit falschen Wimpern besetzt. Neben ihr stand ein Mann mit nacktem Oberkörper, der lediglich einen Kragen und eine silberne Krawatte trug. Er hatte Ringe in den Brustwarzen, tätowierte Arme. Samuel kannte das Foto. Diese Illustrierte besaß er schon. Er durchforstete den Stapel nach weiteren Duplikaten und warf die aussortierten Hefte in den Holzkasten, in dem er das Papier fürs Feuermachen aufbewahrte.

Jetzt nahm er sich die Videokassetten vor. Die Hüllen waren klebrig, rochen nach Zigaretten und Muff, und auf einer hatten eingetrocknete Kleckse Tomatensoße eine Kruste gebildet. Insgesamt waren es neun Filme, die er alle noch nicht kannte.

Der Mann langte über den Tisch nach den Videos und betrachtete sie prüfend, wie ein Kunde in einem Geschäft. Er vertilgte das letzte Plätzchen, hielt die Packung hoch, drehte sie um und ließ sich die Krümel in den Mund rieseln. Er stand auf und warf die Packung mit einem leisen Rülpsen in den Abfalleimer. Nach Krümeln und künstlichem Obst riechend, baute er sich neben Samuel auf, griff in den Karton und holte drei leere Marmeladengläser, einen halben pink-gold gestreiften Bleistift und einen Strohhalm in einer intakten Papierhülle heraus.

Samuel schüttelte den Kopf und nahm ihm den Strohhalm weg. Der Karton gehörte ihm. Er würde ihn selber auspacken. Achselzuckend setzte sich der Mann wieder hin und sah zu, wie eine Kaffeedose mit einem bunten Sammelsurium an Knöpfen und ein Beutel mit Kabelbindern und Drähten zum Vorschein kamen, dazu ein Keramikbär, der ein Herz in einem verblichenen Orange in den Tatzen hielt, und ein gesprungener Essteller mit dem Bild einer Ananas. Auf dem Grund des Kartons lag ein altes Fotoalbum mit Spiralbindung, darauf die Zeichnung eines Jungen in einer Schlaghose mit Latz, der eine Gießkanne in der Hand hielt. Als Samuel das Album in die Hand nahm, fielen Bilder heraus, die sich im Laufe der Jahre abgelöst hatten. Während er sich danach bückte, ging auf der anderen Seite des Tischs der Mann auf die Knie und fischte ein Foto unter dem großen Gaskühlschrank hervor. Er musterte es kurz und schnippte es zu Samuel hinüber.

Es war die Aufnahme eines jungen Mannes, nicht viel älter als ein Teenager, in einer Soldatenuniform. Sein Barett saß etwas schief, Richtung linke Augenbraue, er hielt den Hals steif. Er lächelte nicht in die Kamera, seine Augen waren matt, als ob er die Pose schon seit einiger Zeit hielte, ohne zu blinzeln. Es war ein amtliches Foto. Nur Kopf und Schultern, ein weißer Rand.

Samuel sah sich die anderen Bilder an, die er in der Hand hielt. Eine dicke Frau mit Schürze rührte in einem Topf, der auf einem offenen Feuer stand, hinter ihr ein Mann mit einem strahlenden Lachen im Gesicht. Das nächste Foto zeigte ein Haus. An der halb gestrichenen Wand lehnte eine Leiter, in einem Fenster zeigte sich ein verschwommenes Gesicht. Als Nächstes kam eine Aufnahme von fünf jungen Männern, die sich auf einer Parkbank lümmelten und Limonade aus der Flasche tranken. Jetzt wieder der Junge in der Uniform, diesmal vor dem ganz gestrichenen Haus, das Gesicht zur Seite gedreht, als unterhielte er sich mit jemandem, der nicht mit auf dem Bild war. Und noch ein Foto von ihm, auf dem er lächelnd in die Kamera blickte. Zwei Aufnahmen von dem Jungen mit Leuten, die Samuel für seine Eltern hielt; auf beiden schnupperte im Hintergrund ein Hund an einem Busch. Auf diesen Bildern war der Junge vollständig zu sehen, und man merkte ihm an, dass er die Zähne zusammenbeißen musste. Man merkte seiner verkrampften Haltung an, dass er, wie so viele Jungen, die es gewohnt waren, barfuß oder höchstens in Sandalen herumzulaufen, nicht an Schuhe gewöhnt war. Damals, in den Monaten vor und nach dem Staatsstreich, war das ein häufiger Anblick gewesen. New Shoes Boys wurden sie genannt, verspottet wegen ihres Gehumpels beim Marschieren und ihres Gestolpers auf Treppen. Meist waren es junge Männer aus armen Familien oder obdachlose Jugendliche, auf jeden Fall schutzlos, so oder so. Das Militär warb sie gezielt an, versprach ihnen ein Dach über dem Kopf, Essen, Geld. Mehr als einer von Samuels alten Straßenkumpeln konnte diesen Verlockungen nicht widerstehen. Auch Dog. Einmal war er am Wochenende wie ein Gockel durch sein altes Viertel stolziert.

»Und?«, hatte Samuel gesagt.

»Was, und? Mein neues Leben? Das Leben, in dem ich nicht mehr in Hauseingängen pennen oder mir das Nötigste zusammenklauen muss? Das Leben, in dem ich von der Polizei keine Fußtritte oder Schläge mehr dafür einstecken muss, dass ich an der falschen Stelle stehe?«

Samuel ließ den Blick zu Dogs blank polierten schwarzen Stiefeln wandern, zu dem Gewehr, das er wie eine Umhängetasche über die Schulter geschlungen hatte.

»Das …«, sagte Dog, »das ist Macht. Ich bin einer, dem man zuhört. Nimm dir ein Beispiel an mir. Du kannst dich nicht ewig im Kino unter den Sitzen verstecken, Räuber und Gendarm im Film angucken. Spiel das Spiel im echten Leben.«

»Du meinst, Schuhe verwandeln einen Hund in einen Menschen? Du wirst dein Leben lang ein Hund sein.«

»Aber wenigstens werde ich es weiter bringen als du.«

Das war alles schon eine Ewigkeit her. Die Zeit vor Meria, vor den Protesten. Vor dem Gefängnis. Trotzdem hatte er Dog während der Haft jeden Tag in vielen Soldaten und Wärtern wiedererkannt. Junge Männer, die nicht wussten, was sie taten. Die strammstanden, mit den Gewehrläufen an den Gitterstäben entlangklapperten und brüllend vorgekaute Befehle weitergaben. Dabei hatte er Dog in Wahrheit so sehr um seine Stiefel beneidet, damals und vielleicht auch noch lange danach. Um die Stiefel und um die Uniform. Wer wünschte sich nicht, mehr zu sein, als er war? Wer hätte sich nicht aus dem Dreck ziehen wollen? Wer wäre nicht gern etwas wert gewesen?

Samuel legte die Fotos weg. Der Mann beugte sich über den Tisch, nahm sie an sich und ging sie langsam durch, während Samuel das Album aufklappte. An den meisten Seiten hatte sich das Seidenpapier abgelöst. Beim Umblättern flatterte es herum, und es blieben nur wenige Bilder kleben. Da war ein Bild von einer Geburtstagstorte mit einer Plastikpuppe in der Mitte, sodass es aussah, als trüge sie ein Ballkleid aus rosa und weißem Schaum. Daneben ein Mädchen in einem ganz ähnlichen Kleid, dicke Brille, strahlendes Lächeln. Eine Aufnahme von einem Jungen – der von den Uniformbildern, allerdings als Kind. Mit vors Gesicht gebundenem Taschentuch und ausgestrecktem Zeigefinger posierte er als Bandit. Als Nächstes der Junge und das Mädchen in dem schönen Kleid mit dem Rücken zum zugezogenen Vorhang, sich widerwillig bei den Händen haltend, finster dreinblickend, die bebende Unterlippe des Mädchens eine verschwommene Fehlstelle. Und obwohl die Erinnerung nicht die seine war, bewegte sie Samuel, und seine Gedanken schweiften zu der Autofahrt mit der Frau, die ihn vor dem Gefängnis aufgelesen, ihm zu essen und etwas zum Anziehen gegeben hatte. Die ihn bei sich aufgenommen hatte, während sie versuchte, seine Familie zu finden.

»Es tut mir leid«, sagte sie. »Über eine Meria oder einen Lesi konnte ich gar nichts rauskriegen, und deine Mutter ist leider schon seit ein paar Jahren tot. Aber ich habe deine Schwester aufgespürt. Ich bringe dich hin, es ist nicht sehr weit. Sie freut sich bestimmt, dich wiederzusehen.«

Als der Wagen anhielt, stieg die Frau nicht aus. Sie klopfte Samuel auf die Schulter, als ob sie ihn wecken müsste. »Wir sind da, Onkel.«

Auf der Straße, die auf beiden Seiten von hohen Wohnblöcken gesäumt wurde, herrschte viel Verkehr, auf den Bürgersteigen türmte sich der Müll. Die Frau zeigte auf eines der Gebäude, etwa zehn Meter entfernt, pfefferminzgrün gestrichen, die Fenster dunkel.

»Da ist es. Siebter Stock, Nummer zwei. Tut mir leid, ich kann nicht mitkommen. Hier ist Parkverbot, siehst du?« Sie deutete auf das Schild. »Ich fahre ein paarmal um den Block. Wenn du um … sagen wir Viertel vor nicht wieder draußen bist, gehe ich davon aus, dass alles geklappt hat, okay?«

»Ja. Danke.«

Samuel ging durch eine Tür, die ganz aus Glas war. Auf dem Boden und an den Wänden grüne Fliesen mit grauen und schwarzen Sprenkeln. Während er langsam in den siebten Stock hinaufstieg, wurde ihm immer beklommener zumute. Trotzdem klopfte er laut an, wartete ab. Die Tür der Nachbarwohnung ging auf, und eine Frau im Morgenrock trat in den Flur heraus. Sie trug einen Säugling auf der Hüfte und hatte eine Flasche Bier in der Hand. Zwei weitere Kinder klammerten sich an ihre Beine.

»Zu wem wollen Sie?«

»Mary Martha.«

Die Frau trank einen Schluck Bier. »Die wohnt auf Nummer drei.«

Sie rührte sich nicht vom Fleck, während er den Flur hinunterging und an die nächste Tür klopfte. Nach einer Weile wurde sie von einer dicken, ältlichen Frau geöffnet. Sie trug eine weiße Bluse, die sich ungleichmäßig über Busen und Bauch spannte, darunter eine graue Hose und schwarze Pumps. Auf dem Kopf hatte sie eine billige Blondhaarperücke mit langen Haaren und Pony. Der grimmige Blick, mit dem sie die Tür aufgemacht hatte, veränderte sich nicht, als sie sah, wer geklingelt hatte.

»War schon gespannt, wann du aufkreuzen würdest. Ich hab gehört, dass die neue Regierung Gefangene rauslässt.«

»Ja.«

»Bestimmt willst du hier schlafen«, sagte sie und trat einen Schritt zur Seite, damit er sich an ihr vorbei in die Wohnung quetschen konnte. »Und ich schätze, du willst auch was essen. Da ist die Küche, da vorne. Du kannst ein Brot haben. Mit dem Abendessen hab ich noch nicht angefangen. Die Kinder kommen heute erst später nach Hause.«

»Danke«, sagte Samuel. Die Küche war klein. Zu zweit konnte man sich kaum darin umdrehen.

»Dann mach dir ein Brot. Glaub bloß nicht, dass ich dir eins schmiere.«

Auf der Arbeitsplatte lag eine Packung Schnittbrot aus dem Supermarkt, aber weder Butter noch ein Belag. Er nahm sich eine Scheibe und kaute trocken darauf herum.

Mary Martha fasste sich in den BH und zog eine weiche Zigarettenschachtel und ein neongelbes Feuerzeug heraus. Sie steckte sich eine Zigarette an und klemmte sie sich in den Mundwinkel. »Du weißt, dass Lesi tot ist.«

Er hörte auf zu kauen. »Nein.«

»Ist nicht meine Schuld. Ich habe versucht, dir die Nachricht zukommen zu lassen.«

»Wie?«

»Ich habe es jemandem gesagt, der gesagt hat, dass er jemanden kennt, der …«

»Nein, ich meine, wie ist er gestorben? Durch eine Explosion? In den letzten Monaten haben wir öfter Schüsse und Explosionen gehört.«

»Ach was, nein, nein. Das ist schon ewig her. Bestimmt sechzehn Jahre. Er wäre dieses Jahr vierundzwanzig geworden?«

»Fünfundzwanzig.«

»Ja, also dann vor sechzehn, siebzehn Jahren.«

»Wie ist er gestorben?«

»Herrgott, Samuel. Was musst du mich so löchern? Ich weiß es doch auch nicht. Er ist gestorben. Er war am Leben, er hat Fieber gekriegt, und dann war er tot.«

»Du warst nicht im Krankenhaus mit ihm oder bei einem Arzt?«

»Von welchem Geld denn? Du warst nicht mehr da. Mommy und Daddy waren alt. Ich war schwanger und mehr oder weniger auf mich alleine gestellt.«

Sie schwiegen sich an, bis Mary Martha irgendwann auf das Brot zeigte. »Fertig damit?«

Er hatte noch drei Viertel der Schnitte in der Hand. Er nickte.

»Dann mach verdammt noch mal die Packung wieder zu. Es wird sonst trocken.«

Er tat ihr den Gefallen, drehte die Tüte zusammen und verschloss sie mit einem kleinen Plastikclip.

»Du musst dir eine Arbeit suchen«, sagte sie. »Von mir aus kann's auch Betteln sein. Mir ist es egal, aber du kannst nicht einfach hier rumsitzen und dich versorgen lassen, als wärst du noch im Gefängnis. Denk daran, ich habe zwei Kinder – ich brauche kein drittes.«

Drei Monate hielt Samuel es bei ihr aus. Weil er keinen eigenen Schlüssel hatte, sperrten ihn die Kinder oft aus, bis abends ihre Mutter nach Hause kam, und behaupteten dann, sie hätten ihn nicht klopfen hören, die Musik oder der Fernseher wären zu laut gewesen. Weil sie ihn nicht ins Badezimmer ließen, blieb ihm nichts anderes übrig, als die öffentliche

Toilette im Park zu benutzen, wo es kein Toilettenpapier gab, die Türen nicht schlossen und der Gestank nicht auszuhalten war.

»Was will der hier?«, fragte der Junge. »Er stinkt. Er frisst uns alles weg. Wegen ihm habe ich keine neuen Schuhe gekriegt, obwohl du sie mir versprochen hast.«

»Ich hab bis jetzt die Klappe gehalten, weil er ja angeblich zur Familie gehört«, sagte das Mädchen. »Aber er beobachtet mich durchs Schlüsselloch, wenn ich unter der Dusche oder in meinem Zimmer bin. Er fummelt an sich rum. Seit er in der Wohnung ist, fühle ich mich nicht mehr sicher. Der vergewaltigt mich noch.«

Der Bruder gab ihr recht. »Ich hab ihn auch schon dabei erwischt. Im Knast hat er eklige Sachen gemacht, und jetzt will er sie hier auch machen. Der ist gefährlich.«

Bald danach brachte Mary Martha einen Zeitungsausschnitt mit der Anzeige für die Leuchtturmwärterstelle mit nach Hause.

»Ich helfe dir, dass du den Job kriegst«, sagte sie. »Aber dann will ich nie wieder was von dir hören.«

In dieser Nacht fand Samuel kaum Ruhe in seinem Bett. Das Brot, das er gebacken hatte, war nicht richtig aufgegangen und lag ihm wie ein Klumpen im Magen. Im Wohnzimmer quietschte die Couch, als der Mann aufstand, um nach draußen zu gehen. Er machte die Haustür nicht wieder hinter sich zu. Der Wind blies herein, dass die Fenster klapperten, Bilder und Vorhänge bebten.

Samuel schnalzte missbilligend mit der Zunge. Konnte das sein, dass der Mann schon wieder musste? Erst vor einer Stunde waren sie sich vor der Toilette über den Weg gelaufen, ja, im wahrsten Sinne des Wortes aufeinandergeprallt. Samuel hatte vorher nach dem Leuchtfeuer gesehen, das noch immer nicht ganz regelmäßig blinkte. Weil er das Problem nicht sofort beheben konnte, nahm er sich vor, es sich gleich am nächsten Tag vorzunehmen. Als er den Turm verließ, war er zum Toilettenhaus gegangen, wo er dann mit dem Mann zusammengestoßen war, obwohl er ihn zu Hause im Wohnzimmer vermutete. Gleichermaßen erschrocken, führten sie ein peinliches Tänzchen auf, erst beide nach links, dann beide nach rechts, sich gegenseitig im Weg stehend, während sie einander den Weg freigeben wollten.

Die Haustür fiel ins Schloss, Schritte klapperten. Der Mann war wieder da. In der Küche ging das Licht an. Es kroch um die Ecke von Samuels Tür und erhellte einen Teil des Schranks. Wasser plätscherte, eine Tasse wurde zum Trocknen hingestellt, Besteck klapperte. Samuel hustete. Die Geräusche hörten auf. Das Licht ging aus, nur das Besteck klirrte noch einmal. Dann kehrte Stille ein.

Samuel schloss die Augen und entspannte sich ein wenig, doch dann erstarrte er plötzlich. Schritte kamen in sein Zimmer. Er setzte sich etwas auf, vor sich den großen, langen Schatten. »Was ist? Was willst du? Ich schlafe.«

Der Mann kam näher. Eine Hand anscheinend zur Faust geballt. Hatte er etwas gepackt? Er setzte sich ans Fußende des Betts. Samuel zog die Decke bis zum Kinn hoch und fragte noch einmal: »Was willst du?«

Der Mann fing an zu reden. Er zeigte nach draußen. Er machte Gesten, die Samuel im Dunkeln nicht deuten konnte. Manche Wörter wiederholte er, oder er kam wieder zu ihnen zurück, wie zu den Hauptfiguren einer Geschichte. Dann beugte er sich vor, hob die rechte Hand, streckte den Zeigefinger aus und fuhr sich damit wie mit einer Messerklinge über die Kehle.

Dritter Tag

Er schrak aus dem Schlaf auf, überzeugt, dass der Mann sich über ihn beugte, die Zähne gebleckt, ein Messer in den Händen. Aber das Zimmer war leer, als er die Augen aufmachte, leer und kühl. Es war schon länger niemand mehr hereingekommen.

Obwohl ihm noch entsetzlich klar vor Augen stand, wie der Mann sich mit dem Finger über die Kehle gefahren war, zog er sich an wie an jedem anderen Morgen. Er hatte versucht, sich einzureden, dass die Geste vielleicht ganz anders gemeint gewesen war. Fragte sich bloß wie. Ihm fiel nichts dazu ein.

Er hielt sich den Hals, als er zur Tür ging und ins Wohnzimmer spähte, um zu sehen, ob der Mann schon wach war. Weil sie am Abend vergessen hatten, die Vorhänge zuzuziehen, war es nebenan heller als sonst zu dieser Tageszeit. Der Mann lag zusammengekrümmt auf der Couch. Seine rechte Hand war halb offen, als hätte er etwas darin gehalten, das ihm entglitten war. Während Samuel ihn beobachtete, musste er plötzlich daran denken, wie einfach es wäre, ihn zu erschießen. Ein Kinderspiel, den Arm zu heben und ihn im Schlaf abzuknallen. Die Leiche würde er nicht innerhalb der Inselmauern begraben. Nein. Den Körper dieses Toten würde er dahin zurückschaffen, wo er angespült worden war, so weit wie möglich mit ihm hinauswaten und ihn den Wellen übergeben, die ihn dahin zurücktragen sollten, wo er hergekommen war. Es würde viel Dreck machen, keine Frage. Er müsste die Wände abschrubben, womöglich die Couch verbrennen. Sich für Chimelu eine Ausrede für ihr Verschwinden einfallen lassen, ihn bitten, Edith nach einem ausrangierten Sessel zu fragen. Sie würde nicht Nein sagen. Nicht zur stockend vorgebrachten Bitte eines alten Mannes, der allein lebte und völlig mittellos war.

Er hob den Arm, er drückte ab. Erledigt. Allerdings besaß er keine Waffe, und der Mann lebte noch. Samuel wandte den Blick ab. An den Fensterscheiben zeichneten sich graue Kondensationskreise ab, als hätte jemand von draußen hereingesehen und heiße Luft an das Glas geatmet. Einen Augenblick lang glaubte er das tatsächlich, war er fest überzeugt davon, dass die Familie des Mannes nachgekommen war, nachdem der sich die Insel nun angeeignet hatte. Dass sie ihn beobachteten. Er stellte sich vor, wie er die Haustür aufmachte und sie auf ihn zukamen, die ganzen Gestalten aus dem untergegangenen Schiff, triefend vor Nässe, vom Meer hin und her geworfen, auf den Kleidern ein Patchwork aus Salzflecken, wie sie über die Mauern kletterten, die sandigen Hänge herauﬂiefen, durch das hohe gelbe Gras. Begleitet von anderen, noch finstereren Erscheinungen. Von Skeletten, die aus der Mauer hervorgebrochen waren und die Steine ins Rutschen, die ganze Konstruktion zum Einstürzen gebracht hatten, die auferstanden waren, um ihn zu holen.

Samuel blies sich in die hohle Hand, dass ihm der Atem ins Gesicht schlug. Er verlor den Verstand. So viel stand fest. Der Schwindel, der Sturz, die zum Leben erwachten Albtraumvisionen, die vielen Erinnerungen. Und der Mann hier. Das alles machte ihn krank.

Er sah zurück zur Couch und blinzelte. Da stand etwas auf dem Tisch, das er bis jetzt noch gar nicht bemerkt hatte. Der Mann musste es bei Sternenlicht gebastelt haben, weil er Samuel nicht stören wollte, indem er die Lampe anknipste. Er hatte ein leeres Marmeladenglas aus der Spendenkiste mit blauen und weißen Papierperlen gefüllt, kleinen Röllchen aus dem Papier der ausgemusterten Illustrierten. Darin stand ein bunter Blumenstrauß aus den Kabelbindern, Knöpfen und dem Draht. An solchen Bastelarbeiten erkannte man den Einwanderer und Flüchtling. Tiere und Schmuck aus Perlen. Schüsseln und Windräder. Kleine Kunstwerke, die sie für ein Butterbrot verkauften.

In dem Slum, wo er aufgewachsen war, gab es zahlreiche Zugewanderte, die zum Teil schon viele Jahre vor Samuel und seiner Familie dorthin gezogen waren. Sie hatten Einheimische geheiratet, Kinder bekommen. Gegenüber Samuels Wohnhaus lebte ein Ehepaar, das vor dem postkolonialen Bürgerkrieg in der Heimat geflohen war. Obwohl er seit Ewigkeiten nicht mehr an sie gedacht hatte, wusste er noch genau, wie sie sich am Morgen mit einer Decke und ihren Körben voll Drähten und Perlen vors Haus in die Sonne gesetzt hatten, um an ihren Waren zu arbeiten. Sie grüßten mit einem Kopfnicken, wenn Samuel seinen Vater nach dem Frühstück nach draußen trug. Der Alte saß jeden Tag auf seinem Stuhl, sprach die Kinder an, die vorbeikamen, fragte sie, wie es in der Schule gewesen sei und ob sie auch schön den Treueeid auf die gerahmte Fotografie des Präsidenten abgelegt hätten, die alle Geschäfte und Behörden schmückte. Er wollte wissen, ob der große Mann sie schon mit einem Besuch beehrt habe, zeigte ihnen ein ausgefranstes Papierfähnchen, ein Andenken an die Parade zur Amtseinführung, und erzählte ihnen von seiner Hoffnung, ihm eines Tages persönlich zu begegnen, um ihm die Hand schütteln zu können.

Eines Tages rief er, sein Fähnchen schwenkend, zu dem Ehepaar auf der anderen Straßenseite hinüber: »Es tut mir leid, dass es mit eurem Land nicht so ein gutes Ende genommen hat wie mit unserem. Aber ich bin froh, dass wir euch hier ein neues und besseres Leben bieten können.«

Die Frau lächelte nur, doch der Mann antwortete: »Bei uns war es wie bei euch, Onkel. Auch wenn ich es dir nicht gerne sage. Wir waren ganz genau wie ihr.«

Samuels Vater lachte. »Nein, mein Freund, das kann nicht sein. Wir leben in einem freien, demokratischen Land. Wir sind unabhängig, wir haben alles bekommen, was wir wollten. Hier wird es keine Probleme geben. Bei euch zu Lande habt ihr es falsch angepackt, ihr habt Fehler gemacht.«

»Wart's nur ab, Onkel. Du wirst es schon noch sehen.«

»Da gibt es nichts zu sehen. Du irrst dich, Nachbar. Du bist total auf dem Holzweg.«

Trotzdem freundete er sich mit den Leutchen an. Er ließ sich von Samuel zu ihnen hinübertragen und bat ihn, für sie und sich selbst Kaffee zu holen. So verplauderte er die meisten Vormittage mit ihnen. Irgendwann fing er an, Perlen auf Drähte zu fädeln, Limonadendosen zuzuschneiden und Autos zu basteln, die die Kinder in den staubigen Straßen um die Wette fahren ließen. Er nahm kein Geld für seine Arbeit. Er wolle nichts haben, sagte er, obwohl seine Familie selbst nicht viel besaß. Hinter seinem Rücken steckte das Ehepaar Samuels Mutter Geld zu. Die knotete es in ein altes Kopftuch ein und sagte zu Samuel: »Ich bin nicht stolz darauf, dass ich Geld von Flüchtlingen nehme. Das sind nette Leute. Aber sie können auch ruhig etwas dafür zahlen, dass sie hier sein dürfen.«

Mit dieser Meinung stand sie nicht allein da. Die Unabhängigkeit hatte nicht das gebracht, was man den Menschen versprochen hatte. Im Gegenteil, manche klagten sogar, sie hätten weniger als vorher. »Ist ja gut und schön, dass wir jetzt wählen dürfen«, sagten sie. »Aber dafür kann man sich nichts kaufen.« Genauso wenig wie für die neue Landesfahne oder die Nationalhymne mit dem Trompetengeschmetter. Die Unzufriedenheit nahm zu, Verbitterung über die nicht eingehaltenen Versprechen breitete sich aus. Auch Samuel wurde davon angesteckt. Sein Vater war ein grinsender Krüppel, ein Schwachkopf, der unerschütterlich daran glaubte, dass der Präsident so etwas wie ein zweiter Messias war, der eines Tages in den Slum hinabsteigen würde, um den Verwundeten und Hinterbliebenen für ihren

Dienst am Vaterland zu danken. Er war stolz auf den Platz, den er sich in der Geschichte gesichert zu haben meinte, und sah sich als jemand, dem die Zukunft die angemessene Bedeutung zukommen lassen würde – dieser Mann, den sogar seine Freunde aus der Unabhängigkeitsbewegung bereits vergessen hatten, um dessentwillen die Leute Umwege durch finstere Gassen in Kauf nahmen, weil sie ihm bloß nicht zu nahe kommen wollten, mit seinem Geschwätz und seinen Erinnerungen.

In jener Zeit mauserte sich der General, aus dem später der Diktator wurde, zum Liebling der Massen. Er besuchte die Slums, nahm sich Zeit für die Menschen, hatte ein offenes Ohr für ihre Sorgen. Wenn sie zusammenliefen, sprach er mit dröhnender Stimme zu ihnen, wenn sich ein regelrechter Auflauf bildete, brüllte er in ein Megafon, so laut, dass die obersten Wohnungen zu vibrieren schienen. Er sprach die Ängste der Menschen an, gab ihnen gegenüber Versprechungen ab. Für ihre Nöte machte er die Ausländer verantwortlich und gelobte, ihre Probleme zu lösen.

»Hört mich an, wenn ihr hungert, hört mich an, wenn ihr friert, wenn ihr euch fürchtet«, rief er ihnen zu. »Ich bin einer von euch. Ich weiß, wie ihr euch fühlt. Lasst euch von meiner Uniform nicht täuschen. Darunter bin ich genau wie ihr, wie jeder Einzelne von euch. Wer hat uns denn in die Unabhängigkeit geführt? Wir selbst waren das. Wer hat uns die eigene Nation erkämpft? Wir selbst. Auch wenn es uns Opfer abverlangt hat, geliebte Menschen, die ins Gefängnis geworfen oder verwundet wurden. Auch wenn es uns das

Leben gekostet hat. Und nach alldem müssen wir unser Land immer noch mit Ausländern teilen? Warum? Die sollen nach Hause gehen und für ihre eigene Freiheit kämpfen. Wir wollen sie hier nicht haben, die Diebe, die uns das wegnehmen, wofür wir so schwer gekämpft haben. Dieses Land gehört uns, niemand sonst hat ein Recht darauf. Niemand sonst hat das Recht, hier zu leben. Dieses Land gehört nur uns allein. Zeigen wir ihnen, dass sie nicht länger willkommen sind. Jagen wir sie hinaus!«

In seinen Reden attackierte er die neue Regierung und den Präsidenten und behauptete, sie kümmerten sich nicht genug um die Belange der eigenen Leute. Waren ihnen die Menschen, deren Blut und Schweiß sie ihre Macht verdankten, egal? Juckte sie das Schicksal des eigenen Volkes nicht? Die Macht ließ die Mächtigen gehässig werden. Die Macht ließ die Mächtigen vergessen, woher sie kamen.

Samuel hätte sich am liebsten gar nicht mehr daran erinnert. Nicht einmal aus dem großen zeitlichen Abstand heraus konnte er ohne Scham daran zurückdenken. Dass er sich an der Aktion beteiligt hatte, die der General »Ausmerzen« nannte. Samuel hatte keine Probleme mit den Ausländern. Aber er war ein junger Mann, ein zorniger junger Mann, und als sich die Welle der Zerstörung durch sein Wohnviertel wälzte, ließ er sich mitreißen. Hinterher hätte er es am liebsten vergessen, er wollte nichts mehr davon wissen, dass er sich die Axt vom Holzstoß gegriffen und bei den Straßenkrawallen mitgemacht hatte. Er tötete niemanden an diesem Tag, auch wenn er allem, was er zerschmetterte, allen, die er hetzte, die Schuld gab an der Naivität seines Vaters, an seinem zerstörten Körper, am Verlust der alten Heimat im Tal, an ihrem armseligen Leben im Dreck der Großstadt.

Die Scham stellte sich nicht sofort ein. Die Scham, dass er die Freunde seines Vaters aus ihrem Haus gejagt hatte, obwohl sie ihn anflehten, sie zu verschonen; dass er ihre Körbe kurz und klein schlug, bis die Perlentiere wie die Opfer eines furchtbaren Gemetzels auf der Erde lagen. Er lachte, als die Frau auf der Straße stolperte, als der Mann sich bepisste, als das Kind in einer fremden Sprache brabbelte. Nachdem das Ausmerzen schließlich gestoppt, die Leichen und die Trümmer beseitigt waren, sah er sich die Axt ganz genau an. Obwohl er niemanden damit geschlagen hatte, entdeckte er am Stiel einen Blutfleck und stolzierte ein paar Tage hocherhobenen Hauptes durch die Gegend, wie ein Held.

Samuels Eltern ahnten nicht, dass er bei dem Massaker mitgemacht hatte, und von ihm würden sie es auch nicht erfahren. Sie wunderten sich darüber, dass ihnen der Sohn zunehmend fremder wurde. Obwohl sie es nie leicht mit ihm gehabt hatten; seit sie in die Stadt gekommen waren, hatte er die Familie immer zuverlässig versorgt. Jetzt brachte er kein Geld mehr nach Hause. Er stand früh auf, zog los und kam erst ein paar Stunden vor Sonnenaufgang wieder zurück, jedes Mal mit leeren Händen. Nachdem er kurz geschlafen hatte, stand er wieder auf und zog erneut los.

Wenn er die Wohnung verließ, ging er zu Fuß in die Stadt, um nach den leeren Häusern zu sehen, deren Bewohner geflohen oder tot waren. Der Stolz, der ihn erfüllt hatte, war ebenso verflogen wie die Freude über den Blutfleck. Was er getan hatte, machte ihm Angst, die Zerstörungen, die er angerichtet hatte. Er beschloss, die Leerstellen auszuhalten, nicht vor ihnen zurückzuweichen, während er sich damit zu trösten versuchte, dass ihn ja eigentlich gar keine Schuld traf. Was hatte er denn schon getan? So gut wie nichts. Fast gar nichts. Er war nicht viel mehr als ein Zuschauer gewesen. Er war unschuldig.

Er traf sich nicht mehr mit seinen Freunden, gab die Diebstähle und das Herumlungern auf. Er stapfte allein durch die Straßen, bis die Sohlen seiner Schuhe durchgelaufen waren. Als sie auseinanderfielen, reparierte er die Schuhe mit Flicken aus alten Autoreifen und gab nun in seinem pseudoamerikanischen glänzenden Anzug erst recht eine komische Figur ab. Er ging immer dieselbe Strecke, damit er gleich wüsste, ob sich etwas verändert hatte; er beobachtete, wie die leeren Häuser sich wieder füllten, wie die Menschen zurückkehrten oder neue einzogen. Nach nur einem Jahr war es, als hätte das Ausmerzen nie stattgefunden. Trotzdem war nicht alles so wie vorher. Der General hatte längst Nägel mit Köpfen gemacht, die Leiche des Präsidenten verrottete in irgendeinem Straßengraben, und bewaffnete Milizen hielten die öffentliche Ordnung aufrecht, überwachten die Ausgangssperre, die Samuel bei seinen nächtlichen Wanderungen einschränkte, und verbreiteten Angst und Schrecken.

In dieser Zeit sah er Meria zum ersten Mal. In einer kleinen Gasse, an der er öfter vorbeikam, saß sie mit einer Handvoll

Leute in der hintersten Ecke einer Spelunke an einem splitterigen Holztisch. Die Gruppe, fast immer zu fünft, war beinahe jeden Abend da und fiel ihm wegen ihres Treffpunkts auf. Die meisten Leute genossen die Abendkühle an einem Tisch auf dem Bürgersteig, wo sie nach Bekannten Ausschau halten und mit den Vorübergehenden ein paar Worte wechseln konnten. Aber diese fünf saßen drinnen und hatten nur Augen und Ohren füreinander. Samuel fragte sich, was sie an ihrem Tisch hielt, welche Geheimnisse sie hatten, die nicht mit anderen geteilt werden konnten.

Nach einer Weile konnte er die Mitglieder der Gruppe unterscheiden. Ein großer, schwerer Mann mit breiten Schultern, ein jüngerer mit hängenden Schultern und hoher, glänzender Stirnglatze. Der mit den hängenden Schultern saß immer neben einer Frau mit einem Afro, einer Frisur, die Samuel nicht mochte, weshalb ihm auch die Frau unsympathisch war. Meria dagegen hatte einen rasierten Schädel, unter dem ihr dunkles Gesicht wunderbar zur Geltung kam. Anfangs hielt er sie für eine Immigrantin, so dunkel war sie, aber als er sich einmal in ihrer Nähe wiederfand, erkannte er an ihren Augen, dass das nicht stimmte. Im Gegensatz zu der anderen Frau, die Kleider und Schmuck trug, bevorzugte Meria Hosen und trug keinen Schmuck. Während sie sich über ihr Bier beugte, wirkte sie immer zornig. Wenn sie etwas sagte, stach sie oft drohend mit dem Finger in die Luft. Wenn sie zuhörte, legte sie den Kopf ein wenig auf die Seite.

Eines Abends wagte Samuel sich hinein. Er bestellte ein Bier und setzte sich mit dem Rücken zu der Gruppe an einen kleinen Tisch. In den Jahren als Dieb hatte er gelernt, die Ohren zu spitzen. Was er belauschte, riss ihn nicht gerade vom Hocker. Ihr aufgeregtes Geflüster drehte sich um den Diktator, um Unterdrückung, Redefreiheit, all die Themen, die er noch allzu gut von den Versammlungen kannte, zu denen er seinen Vater begleitet hatte.

»Unsere Feinde«, sagte Meria, »sind die politischen Profiteure, die Männer, die betrügen und lügen, die sich bestechen lassen. Leute, die nicht viel mehr sind als Verwalter der Verschwendung, die viel Geld dafür ausgeben, dass sie selbst groß dastehen, dass das Land im Ausland groß dasteht, denen es egal ist, dass die Bevölkerung hungert. Wir brauchen eine neue Gesellschaftsordnung. Wer sich bestechen lässt oder Geld unterschlägt oder sonst wie käuflich ist, muss sterben. Solche Leute müssen öffentlich hingerichtet werden. Ausgemerzt. Das und nichts anderes ist das Ziel der People's Faction. Unser Ziel ist das Töten.«

Trotz ihrer Ansichten fühlte Samuel sich zu Meria hingezogen wie noch zu keiner seiner zahlreichen Ex-Freundinnen. Mädchen, die für ein Geschenk oder auch nur für einen Drink mit ihm schliefen, die auf Männer mit Geld standen und sich nicht darum scherten, woher es kam. Dieselben Mädchen, die ihn, wenn er ihnen heute im verschossenen Anzug und den geflickten Schuhen auf seinen Wanderungen begegnete, angeekelt ansahen und so taten, als ob sie ihn nicht kannten.

Bald kam Samuel regelmäßig in die Kneipe, nuckelte eine Stunde an einem Bier und belauschte die Gruppe. Wenn

Merias Blick überhaupt mal auf ihn fiel, funkelte sie ihn an und raunte ihren Begleitern etwas zu. Aber eines Tages stand sie plötzlich auf und rief ihm zu: »He, Anzug, bist du ein Spitzel oder was? Dann verhafte uns, ansonsten verpiss dich.«

»Nein«, sagte er. »Ich bin kein Spitzel.«

»Was denn dann, hä? Was willst du?«

»Ich höre euch gern zu. Das ist alles. Es ist interessant.«

Einer von den anderen, der Breitschultrige, den er inzwischen als Big Ro kannte, kam herüber, gab ihm die Hand und lud ihn an ihren Tisch ein.

»So ein Lumpensack soll bei uns sitzen?«, fragte Meria.

Big Ro lachte und rückte Samuel einen Stuhl zurecht. »Hör nicht auf Meria«, sagte er. »Sie fremdelt anfangs immer erst ein bisschen.«

Die anderen nahmen ihn nicht unfreundlich auf, fragten ihn nach seinem Namen, wollten wissen, woher er kam. Das Mädchen mit dem Afro hieß Keda, ihr Freund, der mit den Hängeschultern, Selo.

»Keda und ich stammen aus dem Südwesten«, sagte Selo. »Wir sind Bauern. Wir reden komisch, schon klar. Wir haben diesen Akzent, den Big Ro so gern auf die Schippe nimmt. Aber für uns seid ihr Stadtleute die mit dem starken Akzent.« Er lachte. »Manchmal könnte man fast vergessen, dass wir alle Landsleute sind.«

»Ursprünglich komme ich auch vom Land«, sagte Samuel. »Wir wurden vertrieben. Warum seid ihr weggegangen?«

Keda antwortete. »Mit uns hat es das Schicksal besser gemeint als mit dir. Wir sind aus freien Stücken in die Stadt gezogen. Vor acht Monaten. In der ersten Zeit mussten wir auf der Straße schlafen und schlimme Sachen machen, um zu überleben. Aber dann hat uns die People's Faction aufgegabelt und uns geholfen. Deswegen sind wir bei ihnen eingetreten und revanchieren uns, so gut es geht.«

»Warst du schon mal bei einer Versammlung der Faction?«, fragte Juma, der Mann mit der hohen Stirn.

»Bevor ich euch kennengelernt habe, hatte ich noch nie was von denen gehört. Ich dachte, alle Oppositionsparteien wären verboten.«

»Nur weil man was verbietet, ist es noch lange nicht weg.«

»Das ist auch wieder wahr.«

»Aber du hältst nichts davon, gegen die Tyrannei zu kämpfen? Bist du für den Diktator?«, fragte Big Ro.

»Nein. Das habe ich nicht gesagt. Ich weiß, dass man sich wehren muss. Mein Vater war Unabhängigkeitskämpfer.«

»Wahnsinn«, sagte Juma. »Und du? Hast du auch gekämpft?«

»Nein, ich war noch zu jung.«

Meria schlug mit beiden Händen auf den Tisch. »Das ist doch erst ein paar Jahre her. Da musst du schon ein Teenager gewesen sein. Du wärst alt genug gewesen, wenn du an die Sache geglaubt hättest. Wenn du ein Feigling bist, gib es wenigstens offen zu.«

»Meria«, sagte Big Ro.

»Für Feiglinge hab ich nichts übrig.«

Später begleitete er seine neuen Freunde – er erinnerte sich noch gut an den Spaziergang. Es war später Abend, in den Straßen herrschte dichter Verkehr, die ersten Händler bauten vor dem Beginn der Ausgangssperre schon ihre Stände ab. Ein Soldat trat aus einem Hauseingang und drehte sich noch einmal um, weil er sich von jemandem verabschieden wollte. Deshalb achtete er nicht darauf, wohin er ging, und prallte mit Samuel zusammen.

»Kannst du nicht aufpassen, Boy?«, schnauzte er ihn an. »Willst du dich nicht entschuldigen, Boy? Willst du mich nicht um Verzeihung bitten?«

»Es tut mir leid, Sir«, sagte er.

»Das will ich dir auch geraten haben, Boy.«

Im Weitergehen rieb sich der Mann mit den Händen über Hemdbrust und Ärmel, als wollte er sich Samuel vom Leib wischen.

Meria hatte auf Samuel gewartet. Er wurde rot, und während er noch nach der passenden Verwünschung für den anderen suchte, hätte er beinahe ihre Hand genommen. Doch da sagte sie: »Alles klar, Anzug, schon kapiert. Bist echt ein ganz harter Hund, was? Du kämpfst für deine Überzeugungen.«

Er ließ die Hand sinken, zog den Kopf ein und duckte sich nach links in eine Gasse, ohne sich auch nur mit einem Wort zu verabschieden.

Obwohl er durch den Zusammenprall nicht mal einen blauen Fleck davongetragen hatte, schonte Samuel seinen Arm, als ob er verletzt wäre. Er bastelte sich eine Stoffschlinge und hielt den Arm steif abgewinkelt. Wenn ihn jemand fragte, antwortete er, er wäre gestürzt oder von einer Autorikscha angefahren worden. Er mied die Spelunke und die Gruppe, nahm seine obsessiven Wanderungen wieder auf. Er suchte den Soldaten, dessen Gesicht er sich gemerkt hatte: Schnauzbart und kleine Zähne, ein Gesprenkel aus schwarzen Leberflecken unter den Augen, sodass man auf den ersten Blick meinte, er wäre krank. Samuel malte sich aus, wie er ihn aufspürte. Stellte sich vor, wie er auf ihn zuging, sich so breit machte, dass er den gesamten Bürgersteig für sich beanspruchte, und ihm nicht den Weg frei machte, wodurch dem Soldaten nichts anderes übrig blieb, als auf die Fahrbahn auszuweichen. Oder wie er ihn einfach brutal umrannte.

Mehrere Male sah er ihn, mehrere Male marschierte er auf ihn zu, war er zu allem bereit. Immer wieder vermied er den Zusammenstoß dann doch und machte einen Bogen um ihn, auch wenn er gern den Mut gehabt hätte, den Kopf des Soldaten auf die Erde zu schlagen. Aber er wusste, dass er sich das niemals trauen würde.

Ein Fehlschlag jagte den nächsten, so lange, bis Samuel die Schlinge irgendwann abnahm. Er gab die Suche auf, ging wieder in die Kneipe. Meria griente, als sie ihn sah.

»Na, wieder da, Anzug? Wir haben gehört, dass du verletzt warst. Komm, setz dich. Zeig uns deine fürchterlichen Narben.«

Monate später schüttete es eines Nachmittags plötzlich wie aus Eimern, wie so oft in dieser Jahreszeit. Samuel war auf dem Weg zur Kneipe. Er hatte keinen Regenschirm bei sich und sprang, den Kopf zwischen den Schultern, in den nächsten Laden, um sich unterzustellen. Automatisch bedankte er sich bei dem Menschen, der ihm die Tür aufhielt. Als er den Kopf hob, war es zu spät. Der Soldat war fast schon auf der anderen Straßenseite, eine zusammengefaltete Zeitung über sich haltend.

Samuel sah auf den Mann hinunter, der auf der Couch lag. Er zielte noch einmal, von dem alten, halb vergessenen Drang getrieben, jemanden zu erniedrigen, ihm die Fresse zu polieren, ihn einzuschüchtern.

Er stürzte aus dem Haus. Kaum hatte er die Schwelle hinter sich, kehrte das Schwindelgefühl des Vortags zurück. Er stützte sich an dem schiefen Baum neben der Treppe zum Leuchtturm ab und rang nach Luft. Während er am Kragen seines Pullovers riss, musste er wieder an die Geste des Kehledurchschneidens denken – nur dass diesmal der Finger ins Fleisch schnitt, so tief, dass der Kopf nach hinten kippte und ein dunkler Schnitt aufklaffte. Laut ächzend tastete er sich zu den drei steinernen Stufen hinüber und setzte sich hin, das Gesicht nach oben gereckt. Eine Brise streifte ihn, Wellen plätscherten ans Ufer, Möwen flogen kreischend über ihn hinweg. Samuel schreckte zusammen. In seinem Wahn hörte sich das Geräusch für ihn wie das Weinen eines Babys an. Konnte das Lesi sein, hier auf der Insel? Kehrte das tote Kind zu ihm zurück?

Er hatte nur ein paarmal mit Meria geschlafen, hektisch und im Dunkeln. Immer heimlich. »Wehe, du erzählst es rum«, sagte sie. »Dann reiß ich dir den Arsch auf!« Aber als sie schwanger war, kam sie zu ihm gelaufen. »Es ist von dir.« Obwohl es noch andere Männer gab. Er sprach sie nicht darauf an. Konnte es nicht, so, wie sie aussah, ganz klein vor Angst.

»Mach dir keine Sorgen«, sagte er. »Es wird alles gut.« Als er sie in den Arm nahm, konnte er fühlen, wie sie sich beruhigte, den Kopf an seine Schulter gelehnt. »Ich sorge für euch. Ich werde dir ein guter Ehemann sein. Wenn wir erst eine Familie sind, ist alles andere egal.«

Schon war es mit ihrer Sanftmut wieder vorbei, sie stieß ihn weg. »Das ist ja mal wieder typisch. Typisch für einen wie dich. Nur einer wie du würde das Kind eines anderen annehmen und eine Frau heiraten, die ihn nicht leiden mag.«

Samuels Vater freute sich sehr über die Neuigkeit. Ein in die Unabhängigkeit hineingeborenes Enkelkind zu haben war sein größter Wunsch. Er redete von nichts anderem, wenn Meria zu Besuch kam, und ließ ihren größer werdenden Babybauch nicht aus den Augen.

Meria war weniger begeistert. Sie hielt sich nie länger als zehn Minuten in der Einzimmerwohnung auf und nahm nichts zu essen und zu trinken an. Sie verachtete Samuels Familie – die Armut und die Bettelei. Die verkümmerten Beine des Vaters. Die Schwester, die für die Soldaten schwärmte, der man nachsagte, sie hätte etwas mit Dog angefangen, seit er beim Militär war. Aber am schlimmsten fand sie es, dass die Familie das Geschäft der ausgemerzten Nachbarn übernommen hatte. Doch statt aus Perlen und Draht Tiere anzufertigen, bastelten sie kleine Nationalflaggen, den Umriss des Landes, Männer in Uniform. Andere Farben oder Formen kamen nicht infrage. Damit hätte man sie womöglich in die Nähe einer Oppositionspartei gerückt – einer verbotenen Organisation, deren Mitglieder verfolgt und getötet wurden. Deshalb benutzten sie nur Grün und Rot, Schwarz und das langweilige Kaki der Uniformen.

Wenn sie auf dem Weg zu einer Versammlung waren, kamen Samuel und seine neuen Freunde manchmal an Mary Martha vorbei, die auf dem Bürgersteig saß und die Bastelarbeiten verkaufte. Während Meria sie ignorierte und an ihr vorbeimarschierte, blieb Samuel einmal bei ihr stehen.

»Na, wie läuft es?«, fragte er.

»Nimm deine dreckigen Schuhe von meiner Decke.«

»'tschuldige.« Er ging einen Schritt zurück und sah auf sie hinunter, wie sie dahockte und auf einem Stück Plastik kaute. »Komm doch mit. Ich glaube, es würde dir gefallen. Die Treffen sind echt interessant.«

»Aber klar doch. Ist bestimmt spannend, den lieben langen Tag zusammenzusitzen und groß rumzutönen, wie ihr die Welt retten wollt, während der Rest von uns versucht, genug Kröten zu verdienen, dass wir euch durchfüttern können.«

»Sag das nicht. Es ist ganz anders.«

»Ach ja?«

Samuel kniete sich hin und nahm einen Soldaten aus Draht und Perlen in die Hand. »Der ist gut. Wer hat den gemacht?«

»Unser Vater. Was dachtest du denn?«

»Der ist echt gut.«

Sie klaubte einen Krümel von der Decke und schnipste ihn weg.

»Erinnerst du dich noch an das Spielzeug, das er für uns geschnitzt hat, als wir noch oben im Tal gelebt haben?«

»Nein.«

»Komm, gib's zu. Das kannst du doch nicht vergessen haben. Die schönen Tiere? Den Löwen und den Elefanten?«

»Nein, wenn ich's dir doch sage. Ich war noch ein Baby. Ich hab keine Erinnerung daran.«

Samuel stellte den Soldaten wieder hin. »Sag mal, hast du Dog in letzter Zeit mal gesehen?«

»Jetzt fang nicht wieder damit an. Ich bin sechzehn Jahre alt. Du hast mir gar nichts zu sagen.«

»Ich frag ja bloß. Er war schließlich mal mein Freund.«

»Ja, früher, aber ich weiß, wie du heute zu ihm stehst. Muss schön sein, dein neues Leben, in dem du dir über jeden ein Urteil erlaubst, in dem du machen kannst, was du willst, in dem du keine Verantwortung tragen musst.«

»Ich trage wohl Verantwortung. Ich trage Verantwortung für dieses Land ...«

»Herrgott, Samuel. Bleib mir mit diesem Quatsch vom Leib. Und jetzt verpiss dich. Schieb ab zu deiner Versammlung und lass mich in Frieden.«

Wenn Meria ihn zu Hause besuchte, beobachtete sie seine Eltern bei der Arbeit – seine Mutter, wie sie lächelte, wie sie in dem trüben Licht die Augen zusammenkniff.

»Wir hatten nicht das Geld, unsere Kinder auf die Schule zu schicken«, sagte die Mutter. »Euer Kind hat viel mehr Möglichkeiten. Dafür werden wir fleißig arbeiten. Der Kleine soll lesen und schreiben lernen. Er wird ein gebildeter Mann und bekommt eine gute Stelle. Vielleicht in einer Bank.«

Samuels Vater nickte. »O ja, und er soll einen Namen haben, der ihm Glück bringt: Freedom oder Independence. So etwas in der Richtung. Damit er seinen Namen jedes Mal voller Stolz aussprechen kann. Weil er weiß, wofür sein

Großvater gekämpft hat, dass ich ihm die Freiheit von der Sklaverei geschenkt habe.«

An der Stelle hielt Meria es nicht mehr aus. »Wo ist denn Ihre Freiheit? Was hat Ihnen denn die Unabhängigkeit gebracht? Ihre Generation hat auf ganzer Linie versagt. Weil ihr es nicht richtig angefangen habt. Ihr hättet alles auslöschen und ganz neu anfangen müssen. Und nicht versuchen, kalten Kaffee wieder aufzuwärmen. Ihr habt uns die nächste korrupte Elite beschert, die die Armen versklavt. Die Armen müssen sich erheben! Erst dann kriegen Sie Ihre Freiheit, nicht vorher. Nicht so eine kümmerliche Schnorrer- und Bettlerexistenz, die Sie sich schönreden als das Ziel, für das Sie fast Ihr Leben geopfert hätten. Meinem Kind soll keiner weismachen, dass das, was Sie Freiheit nennen, etwas anderes ist als Gefangenschaft durch Ausbeutung.«

Samuels Vater blinzelte. »Du bist sehr zornig, Mädchen. Wenn du nicht aufpasst, kommt das Kind mit einem bitteren Herzen zur Welt.«

»Besser Verbitterung im Herzen als die Gedanken eines Schwachsinnigen im Kopf.«

Trotzdem musste Meria bald gezwungenermaßen bei Samuel und seiner Familie einziehen. Sie hatte für eine Agentur internationale Nachrichtenmeldungen aus dem Englischen übersetzt, die dann an nationale Zeitungen weiterverkauft wurden. Wegen einer Verschärfung der Zensur und zunehmender Paranoia kamen irgendwann kaum noch Nachrichten aus dem Ausland durch. Die Agentur machte dicht. Meria verlor ihren Job und konnte sich die Miete für ihre Wohnung nicht mehr leisten.

Die Frau, die immer eine große Klappe gehabt, nie ein Blatt vor den Mund genommen und sich nie gescheut hatte, ihre Meinung zu sagen oder Kritik zu üben, verstummte. Wenn jemand etwas sagte, klopfte sie genervt mit den Fingern auf den Tisch. Sie kippte ein halbes Bier auf einen Zug hinunter oder zog wie wild an ihrer Zigarette, als wollte sie sich selbst am Sprechen hindern. Wenn die Gruppe sich traf, starrte sie wütend in die Runde. Mit am schlimmsten war es nachts. Als Samuel einmal aufwachte, saß sie mit angezogenen Beinen neben ihm, die Knie unterm Kinn, qualmte eine Zigarette und beobachtete ihn mit zusammengekniffenen Augen.

»Was ist los?«

»Du redest im Schlaf, wusstest du das?«

»Entschuldigung. Bist du deswegen wach?«

»Nein.«

»Was habe ich gesagt?«

»Nichts.«

In dieser Zeit stritten sie auch häufig. Über das Essen. Dass sie nichts essen wollte. Erst schob sie es darauf, dass ihr oft schlecht war, dann auf die Kochkünste seiner Mutter. Den Fraß könne man noch nicht mal einem Tier vorsetzen, sagte sie. An manchen Tagen aß sie gar nichts, an manchen kaute sie während der gesamten Mahlzeit auf einem einzigen Bissen herum.

»Du musst etwas essen.« Samuel schob ihr einen Teller hin. Und um ihr Angst zu machen, fügte er hinzu: »Du willst doch nicht, dass das Kind stirbt, oder?«

»Wäre das so schlimm?«

Als dann später die Wehen einsetzten und die Fruchtblase platzte, griff sie nach seiner Hand und sagte: »Mein Kind soll keinen Vater wie dich haben. Du musst dich bewähren. Du musst es zu etwas bringen.«

»Wie denn? Ich weiß nicht, was du von mir willst. Was soll ich machen?«

»Du musst das Gelübde ablegen. Du musst dich uns richtig anschließen.«

Samuel kam nicht mehr zum Antworten. Er wurde von seiner Mutter und einer Nachbarin aus dem Zimmer geschoben und musste während der Geburt auf der Straße warten.

Es war das kleinste Baby, das er je gesehen hatte. Klein und irgendwie gelblich. Es machte kleine Fäustchen, kniff die Äuglein zusammen. Samuel durfte seinen Sohn eine ganze Weile halten, er sog seinen Geruch ein, fühlte die Zerbrechlichkeit des winzigen Körpers. Jetzt wusste er, was sein Vater mit Freiheit gemeint hatte. Wie wichtig sie war, was für eine Bedeutung sie für das kleine Wesen haben würde. Und er sagte: »Ja, ich mach's. Ich lege das Gelübde ab.«

Als Juma auftauchte, saß er mit Lesi im Arm da, während Meria schlief. Samuel dachte, er wollte das Kind sehen, aber statt ihm zu gratulieren, sagte Juma nur ein paar leise Worte und nahm ihn mit nach draußen. Man hätte eine Leiche gefunden. Samuel müsse mitkommen.

Juma brachte ihn zu einer verlassenen Baustelle. Von der Sorte gab es viele in der Stadt, meistens von Projekten, die noch unter der Kolonialregierung begonnen und nach der Unabhängigkeit nicht mehr fertiggestellt worden waren. Dazu gehörte diese Bauruine nicht: Hier hätte auf Anweisung des ersten Präsidenten ein Waisenhaus entstehen sollen, für Kinder, die im Unabhängigkeitskrieg ihre Eltern verloren hatten. Der Präsident sollte ihr Vater sein, das Land ihre Mutter. Der erste Spatenstich war in einer großen Zeremonie gefeiert worden, mit Kuchen für die Straßenkinder und einem Transparent am Baustelleneingang, auf dem der Präsident zu sehen war, ein Lächeln im Gesicht, die Arme ausgebreitet. Doch schon kurz darauf kamen die Arbeiten zum Erliegen. Es gab Gerüchte, Mittel seien veruntreut worden, die neue Regierung sei bankrott. Das Fundament ausgehoben, ein paar Betonstützen eingezogen, mehr war bis dahin nicht passiert. Bald verwandelte sich die Baustelle in eine Müllkippe für die Nachbarschaft. Inzwischen war die Grube ungefähr zu einem Drittel mit Abfall gefüllt, regnete es stark, war der Berg manchmal auch höher. In dem Dreck lebten Ratten, Moskitos und verwilderte Katzen.

Als die beiden Männer dort ankamen, wurden sie von einem Mann erwartet, den Samuel nur als Jakes kannte. Er hatte die Leiche gefunden. Er stand mit dem Rücken zur Grube, das T-Shirt über Nase und Mund hochgezogen. Neben ihm lag frisch Erbrochenes. Es stank so bestialisch, dass Samuel sich, als er näher kam, die Nase zuhielt. Es war Hochsommer; die Hitze ließ den Müll im warmen Wasser verrotten. Über allem hing eine Wolke Mücken.

Samuel folgte mit dem Blick Jumas ausgestrecktem Arm. Da lag Big Ro, nackt, auf dem Rücken, einen Arm hinter sich verdreht, den anderen zur Seite gestreckt, mit deutlich erkennbaren Blutergüssen übersät. Ein Gesicht hatte er nicht mehr, man hatte es ihm aus dem Schädel geprügelt. Samuel erkannte ihn an seinem linken Fuß: Nachdem ihm vor einem Monat ein Soldat mit dem Motorrad darübergefahren war, waren die Zehennägel schwarz geworden und abgefallen. Zwar war der Fuß bei dem Verhör nicht angerührt worden, aber sein Anblick wirkte brutal und hässlich, schlimmer sogar als der Brei, der Big Ros Gesicht gewesen war.

»In der Nacht hier abgeladen«, nuschelte Jakes unter dem T-Shirt, sodass Samuel ihn im ersten Augenblick gar nicht verstand.

»Was meinst du, Sam?«, fragte Juma.

»Das ist er.«

»Ja, aber wie kriegen wir ihn da raus?«

»Es muss in der Nacht sein. Wenn die Polizei uns sieht …«, antwortete Jakes.

»Nein. Das geht nicht. Nicht im Dunkeln. Das ist zu gefährlich. Denk an die Ausgangssperre, die Patrouillen. Die gehen hier jede Nacht Streife. Oder sollen wir alle so enden wie er?«, sagte Juma.

»Und wenn wir ihn verbrennen?«

»In der ganzen Brühe?«

Letzten Endes liehen sie sich von Jakes' Onkel, der früher auf dem Markt einen Lebensmittelstand gehabt hatte, einen Karren aus. Das eine Rad zog nach rechts, das andere quietschte, aber er erfüllte seinen Zweck. Sie schoben ihn durch die Straßen und sammelten im angrenzenden Viertel, in den Slums, vor Verkaufsständen und auf Bürgersteigen den Müll ein. Als der Karren voll war, schoben sie ihn zu der Grube, zogen den Toten mit einer Stange näher heran und kippten den Inhalt des Karrens auf ihn. Viermal füllten und leerten sie den Karren, bevor sie sich sicher waren, dass Big Ro vollständig zugedeckt war.

»Keine tolle Beerdigung.« Juma schlug das Kreuzzeichen.

»Viele andere hätten ihn darum beneidet«, antwortete Samuel. Er wischte sich über die Stirn, schlug sich die Hand vor den Mund. Die Haut zwischen seinen Fingern duftete noch immer nach dem Neugeborenen.

Er drehte sich um und stapfte durch das gelbe Gras davon. Erst wollte er runter zum Anlegesteg, um sich die eingestürzte Steinmauer anzusehen, aber dann ging er stattdessen bergauf, den Hang entlang, der zum östlichen Ende der Insel hin immer schmaler zulief. Je schmaler er wurde, desto steiler wurde er auch, bis er schließlich in einer Kuppe endete. Irgendwann war dort eine Bake errichtet worden – eine gedrungene kleine Betonsäule, auf der früher ein Eisenkreuz oder etwas Ähnliches gestanden hatte, wovon nur noch der Mittelpfosten übrig war. Nachdem Samuel etwas Rost von der Stange gekratzt hatte, hielt er sich daran fest und blickte auf den kleinen Strand hinunter, auf den er sich nur selten verirrte.

Leise schwappten die Wellen, es war Ebbe. Er erkannte Wassertümpel, Seetang und sogar – winzig klein – spiralige Muscheln. War da nicht noch etwas? Während er sich, um besser sehen zu können, die Hand über die Augen hielt, redete er sich ein, es sei bestimmt nur eine Robbe, aber auf jeden Fall nichts Schlimmes. Dabei hatte er sofort gesehen – und gewusst –, dass es ein Mensch war.

Kurz überlegte er, den Mann zu holen, damit er ihm half, die Leiche zu bergen. Und warum auch nicht? Er war schließlich jung und stark. Samuel sah zum Haus zurück, das ein ganzes Stück entfernt war. Die Tür stand offen. Hatte er sie selbst aufgelassen? Oder war das der Fremde gewesen? War er aufgestanden und nach draußen gegangen? Trieb er sich irgendwo auf der Insel herum, suchte er nach ihm? Wieder kam ihm der Finger am Hals in den Sinn, die überwältigende Angst im Dunkeln.

Es war ein schwieriger Abstieg hinunter zum Strand, steil und felsig. Dort unten würde der Mann nicht nach ihm suchen, er wusste ja nichts von der Bucht. Das machte sie zu einem guten Versteck.

Sie lag auf dem Rücken, der Rock war ihr bis über die Hüften hochgerutscht. Sie trug keine Unterhose. Als Allererstes zog Samuel ihr den Rock herunter. Ihre Augen standen offen, in ihrer Kehle klaffte ein Schnitt. Ein breiter Schnitt. Die ganze Nacht lang und den ganzen Morgen die Geste des Kehledurchschneidens vor Augen und jetzt, hier, dieser glatte Schnitt, scharf und sauber wie bei einem Stück Fleisch in der Metzgerei.

Er beugte sich vor und sah der Frau ins Gesicht. Sie hatte dicht an den Kopf geflochtene Haare und leicht abstehende Ohren. Ihre Wangenknochen ähnelten denen des Mannes, und sie hatte den gleichen schmalen Kiefer, den gleichen breiten Mund. Kamen sie beide von dem Boot, das er auf Winstons Handy gesehen hatte? Bestimmt. Aber warum sollte ein Ertrinkender einer Frau die Kehle durchschneiden? Vielleicht war er deshalb gestern Nacht in Samuels Zimmer gekommen, weil er ihm das erklären wollte. Es war gar keine Drohung gewesen, sondern eine Beichte – er hatte eine Frau getötet und war abgehauen. Er war gar kein Flüchtling. Er war auf der Flucht vor dem Gesetz. Kein Wunder, dass er nicht aufs Festland gebracht werden wollte.

Was er wohl machen würde, wenn er merkte, dass Samuel die Leiche gefunden hatte? Er war ein Mörder, der sich

Samuel am liebsten vom Hals geschafft hätte. Hatte er ihn nicht zu Fall gebracht? Hatte er nicht schon angefangen, sein Haus zu übernehmen? Wozu wäre er erst fähig, wenn er über den Leichenfund Bescheid wüsste? Zu allem? Aber die Frau zu begraben würde Samuel Zeit kosten, Zeit, die er nicht hatte. Nicht, wenn der Mann aufgestanden war und die Insel nach ihm absuchte.

Auf der Landseite wurde das östliche Ufer von niedrigen Bäumen gesäumt, die im Schatten des Steilhangs wuchsen. In dem Dickicht befand sich eine alte steinerne Hütte, vom Strand aus kaum zu sehen. Es führte kein Weg dorthin, nichts verriet, dass es sie gab. Hätte sein Vorgänger auf der Insel sie ihm nicht gezeigt, hätte er von ihr wohl nie etwas bemerkt. Sie standen an der Bake, als Joshua zu ihm sagte: »Da unten hat es mal eine Ruine gegeben. Ich war schon seit Jahren nicht mehr da. Vielleicht ist inzwischen gar nichts mehr von ihr übrig.«

»Was für eine Ruine?«

»So was wie ein Blockhaus. Wahrscheinlich irgendein Überbleibsel aus einem Krieg.«

»Was für ein Krieg denn?«

»Na, so ein Krieg, wo sich die Kolonialmächte wegen dem Land und den Sklaven mal wieder gegenseitig die Köpfe eingeschlagen haben.«

Samuel war nach unten gestiegen, hatte sich bis zu den Überresten der Hütte durchs Unterholz gekämpft. Die Wände waren eingestürzt, das halbe Dach heruntergesackt. Drinnen fand er morsche Holzkisten, leere Flaschen, rostige

Büchsen. Die Wände waren mit Holzkohle schwarz bemalt und bekritzelt.

Als die Insel dann ihm gehörte, hatte er rings um die Hütte die Büsche und das Unkraut entfernt, den Abfall beseitigt, die losen Steine zu Haufen geschichtet. Er fegte den Vogelkot zusammen, die Federn, die leeren Nester. In dem Dreck fand er einige leere Patronenhülsen, eine Münze, die er nicht kannte, und einen Schildkrötenpanzer. Später hatte er in all den Jahren auf der Insel nie wieder einen Anhaltspunkt für das Vorhandensein einer Schildkröte gefunden. Ob die Tiere vielleicht von Schmugglern und Matrosen aufgefressen worden waren? Oder gehörte die Schildkröte, deren Panzer er gefunden hatte, einem der Sklavenhändler, die diese Gewässer früher unsicher gemacht hatten? War sie zurückgeblieben und irgendwann einsam und vergessen gestorben?

Die Frau war schmächtig. Kleiner als der Mann und auch leichter. Samuel packte sie bei den Fußknöcheln. Während er sie über den feuchten Sand zog, rutschte ihr der Rock wieder über die Hüften hoch. Er wandte den Blick ab und zog weiter. Sie ließ sich leichter bewegen als der Mann, und Samuel brachte die Strecke über den Strand schnell und mühelos hinter sich. Erst auf dem weglosen Steilhang zum Dickicht wurde es schwieriger. Er musste die hohen Büsche mit den harten Blättern und den Dornen mit dem Hinterteil wegdrücken. Während die Frau über den holprigen Boden ruckelte, quoll zwischen ihren nackten Schenkeln das Gestrüpp empor.

Er war seit Jahren nicht mehr bei der Hütte gewesen. Sie war überwuchert, der Eingang von einem großen Dornbusch versperrt. Nachdem Samuel die Frau erst einmal abgelegt hatte, zog er ihr achtsam das Kleid wieder herunter. Als er sie dabei mit dem Daumen streifte, stammelte er eine Entschuldigung. Ein kleiner brauner Vogel sah ihm vom Dach der Hütte aus zu. Aber als er sich bückte und den Stamm des Dornbuschs ergriff, sodass die oberen Äste mit den harten grauen Blättern raschelten, flog er weg. Weil der Strauch in der dünnen Erdschicht auf dem Steinboden nur flach und oberflächlich wurzelte, ließ er sich leicht herausheben.

Nachdem Samuel ihn an die Wand gelehnt hatte, betrat er die Hütte. Wo genügend Sand angeweht worden war oder der Beton bröckelte, wuchsen ein paar Büsche, kleiner als der am Eingang, verkrüppelt, weil sie nicht genug Licht bekamen. Ansonsten hatte sich seit seinem letzten Besuch nicht viel verändert, alles war noch da. Die aufgeschichteten Steine, das eingesunkene Dach, der Schildkrötenpanzer. Er lag umgedreht auf dem Boden. Samuel hob ihn auf. Ein paar Platten fehlten; das Innere war braun von Dreck. Er blies den Staub herunter, wischte den Panzer mit dem Ärmel ab und legte ihn auf einen Steinhaufen.

Er ging wieder zu der Frau und zog sie über die Schwelle, in den Teil der Hütte, wo Wände und Decke noch intakt waren. Nachdem er sie ordentlich hergerichtet hatte, schloss er ihr mit unbeholfenen Fingern die Augen. Er überlegte kurz, ein Gebet zu sprechen; für ihre Vorgänger hatte er allerdings nie gebetet.

Noch konnte er sich nicht überwinden, sie zurückzulassen. Er kauerte sich ungelenk neben sie. Es tat ihm leid, dass er kein Taschentuch oder sonst etwas hatte, was er ihr um den Hals, um die Wunde hätte wickeln können. Er dachte daran, wie es weitergehen würde: dass er sie mit Steinen zudecken würde. Er dachte an die Beerdigung von Big Ro, an den Gestank. Zwei Morde. Zwei Morde, und jedes Mal war Samuel der Bestatter. Was hatte er in beiden Fällen getan, was hätte er tun können? Die Antwort drängte in ihm nach oben. Die Erinnerungen, die Erinnerungen, die ihn verfolgten, die Besitz von ihm ergriffen. Die Erinnerungen, und da, jetzt, ein Wort, ein Wort nur, ein Wort, an das er sich erinnerte, das in ihm hochstieg, das ihm auf der Zunge lag und darauf wartete, dass er es laut aussprach. Er wandte sein Gesicht der Frau zu, beugte sich zu ihr und sagte: »Gewalt.«

Café Schopenhauer
Staudgasse 1
1180 Wien
Tel.: 01 4063288

RECHNUNG

Jennings, Karen
Eine Insel
978-3-89667-738-9 22,70 1

Jean, Michel
Maikan Der Wind spricht noch davon. 01.
978-3-99029-539-7 21,00 1

Total: 2 43,70 EUR

Bankomat: 43,70 EUR

Zurück: 0,00 EUR

Typ	MWSt	Netto	Brutto
1: 10,00%	3,97	39,73	43,70

Steuernummer: ATU75310405
Kassen-ID: 1
30.11.2022 13:42:34 2-1-444

Vielen Dank für Ihren Einkauf!
www.cafeschopenhauer.at

Nach Big Ros Ermordung vertiefte die Gruppe den Kontakt zur People's Faction. Während sie bis dahin nicht viel mehr als Zaungäste gewesen waren, die sich in der Rebellenpose gefielen, wurden sie nun zu glühenden Aktivisten. Sie verpassten keine Versammlung und tauschten zerfledderte Taschenbücher mit Weltverbesserungstheorien untereinander aus. Sie lasen sich gegenseitig Zitate aus den Texten vor, stritten um Wörter und Sätze. Auf den Versammlungen erhoben sie sich und hielten Reden.

»Gewalt! Gewalt ist die einzige Antwort. Wenn wir uns für die Gewalt entscheiden und die Massen darüber aufgeklärt haben, dass es ohne Gewalt nicht geht, beginnt unser Siegeszug. Dann hat uns keiner mehr unter seiner Knute. Dann lassen wir uns von keinem mehr unterdrücken, von keinem«, sagte Selo.

Meria gab ihm recht, stach mit der Zigarette Löcher in die Luft, während sie das Wort ergriff. »Mit Blut als Zement werden wir eine neue Nation errichten. Eine starke Nation. Noch leben zu viele von uns im Schatten und fühlen sich wertlos. Nur wenn wir kämpfen und Blut vergießen, können wir zuletzt die Macht an uns reißen.«

Sie wollten wissen, wie Samuel dazu stand, drängten ihn dazu, sich ihre Ansichten zu eigen zu machen. »Greifst du zu den Waffen?«, fragten sie. »Nimmst du die Gewalt und den Kampf an?«

»Die Unabhängigkeitsbewegung hat auch nicht zur Gewalt gegriffen und trotzdem gesiegt«, antwortete er.

»Gesiegt?«, sagte Meria.

»Ja.«

»Hat nicht die Gewalt deinen Vater zum Krüppel gemacht? Gewalt muss mit Gewalt beantwortet werden. Wenn er das gewusst hätte, würde er seinen Leuten heute vielleicht nicht so zur Last fallen. Wenn er den Mumm gehabt hätte zu kämpfen.«

Kurz nach Lesis Geburt schlüpfte Samuel eines Nachts in ein graues T-Shirt und schlabbrige Shorts. Die Schuhe zog er aus. Er nahm seine goldene Halskette ab und die Armbanduhr, auf die er so stolz war, ließ sich von Meria die Augen verbinden und auf die mitternachtsstille Straße hinunterbringen, wo mit laufendem Motor ein Auto auf ihn wartete. Er wusste, dass die Scheinwerfer aus waren und alles wortlos ablaufen würde – um nicht die Soldaten auf den Plan zu rufen. Zwei Paar Arme halfen ihm auf den Rücksitz, der bereits voll besetzt war. Er musste sich bei einem anderen Mann auf den Schoß setzen und den Kopf aus dem Fenster strecken.

Der Wagen gehörte Juma. Samuel erkannte den hustenden Motor und die Art, wie der Rücksitz bei jedem Schlagloch ruckelte. Hinten saßen schätzungsweise fünf oder sechs Personen, vorne drei, zwei davon auf dem Beifahrersitz. Er hörte ihr angestrengtes Atmen, das verlegene Räuspern.

Vorne rülpste der Fahrer, und obwohl Samuels Kopf aus dem Fenster ragte, roch er Jumas Atem: Zwiebeln und Rindfleisch. Wegen des Gelübdes fastete er seit zwei Tagen, und jetzt hatte er Hunger und einen trockenen Mund.

Er hatte gewusst, dass es eine lange Fahrt werden würde, weit aus der Stadt hinaus. Als der Wagen schließlich anhielt, hatte Samuel Krämpfe in den Oberschenkeln, er schwitzte und ihm war schlecht vor Hunger und von dem Geruckel. Jemand führte ihn in der von Insektenlauten erfüllten Nacht durch hohes, nasses Gras. Schließlich wurde ihm die Augenbinde abgenommen, und er stand blinzelnd im Dunkeln, bis er nach einer Weile andere blinzelnde Männer und Frauen ausmachen konnte. Ein Dutzend vielleicht, vielleicht auch mehr. Vor ihnen stand eine Frau, die Samuel nicht kannte, mit einer brennenden Fackel in der Hand. Selo ging an den im Halbkreis aufgestellten Neuankömmlingen vorbei und drückte jedem von ihnen einen Stock in die Hand. Einer nach dem anderen durfte vortreten und seine Fackel an der Fackel der Frau entzünden. Anschließend folgten sie ihr zu einem großen Haufen Erde, der unter einem Baum lag. Nachdem sich die Neuankömmlinge je eine Handvoll davon genommen hatten, bildeten sie einen Kreis. Sie führten die Erde mit der Rechten zum Mund, legten sich ein paar Krümel auf die Zunge und schluckten sie hinunter.

»Was ist das?«, fragte die Frau und zeigte auf den Haufen Erde.

Zusammen sprachen sie das Gelübde, das man ihnen in den vergangenen Tagen beigebracht hatte:

»Das ist das Land. Ich habe davon gekostet. Es ist in meinem Blut. Das Land ist mein Körper, und mein Körper ist das Land. Ich gelobe ihm ohne Angst die Treue. Wenn ich sterbe, werde ich aus dem Land wiedergeboren. Ich schwöre mit Blut und mit Feuer, denn das Land ist mein, und ich bin das Land.«

In der steinernen Hütte fuhr Samuel die Erinnerung in die Glieder. Er hielt die brennende Fackel in der Hand, fühlte das nasse Gras an den Beinen. Er ging auf und ab und stampfte mit den Füßen, wobei die Leiche der Frau leicht bebte. Er wandte sich ab, wollte nicht sehen, wie sie sich bewegte. Dann kniete er sich hin und kratzte etwas Erde vom Fußboden, bis er ein kleines Häuflein in der Hand hielt. Er führte es zum Mund, leckte die Bröckchen mit trockener Zunge auf und murmelte: »Das Land ist mein. Und ich bin das Land.«

Der Wind hatte aufgefrischt. Er peitschte ihm entgegen, als er die Hütte verließ und langsam wieder zu der schmalen Kuppe hinaufstieg. Oben blieb er stehen, um wieder zu Atem zu kommen. Trockene Gräser schlugen an seine Knie. Die Sonne schien matt, der Himmel war bewölkt. Am Nachmittag würde es regnen.

Unten am Südufer bewegte sich etwas, schwarz zeichnete es sich vor dem Kies und den Steinen ab. Es war der Mann. In Jacke und Wollmütze, die er aus der Diele genommen hatte, ging er mit gesenktem Kopf am Strand auf und ab. Manchmal blieb er stehen, stupste mit dem Fuß etwas an oder bückte sich danach, um es sich genauer anzusehen. Danach nahm er sich die Gezeitentümpel und die Felsen vor.

Wonach mochte er wohl suchen? Bestimmt nach der Frau. Dem Beweis für sein Verbrechen. Aber er stellte sich sehr merkwürdig dabei an – als wäre sie nicht mehr als ein Gegenstand, der ihm aus der Tasche gefallen war.

Der Mann, der sich hingekniet hatte, stand auf und überflog forschend die Landzungen der Insel. Eine halbe Minute lang blieb sein Blick an der Bake hängen, hinter der Samuel kauerte. Jetzt entfernte der Mann sich vom Wasser. Bald war er nicht mehr in Sicht, und Samuel musste hinter dem Sockel hervorkommen, um nach unten zu spähen. Es dauerte einen Augenblick, bis er den Mann wiedergefunden hatte. Er stand an der Mauer, hatte die Hände daraufgelegt. Plötzlich hob er prüfend verschiedene Steine hoch, schwang sie hoch über seinen Kopf, als ob er ihr Gewicht abschätzen wollte.

Der Mann bereitete sich darauf vor, ihn zu töten.

Samuel hatte sich für den Protestmarsch mit einem alten Kricketschläger bewaffnet, einem Fundstück noch aus Kindertagen. Weil er damit Steine weggeschlagen hatte, war das Holz mit Scharten übersät, und auf der Vorderseite hatte es einen langen Riss, den er behelfsmäßig mit Klebeband geflickt hatte. Meria, die neben ihm ging, hielt einen Besenstiel in der Hand, Keda schwang ein geknotetes Tauende, Juma und Sela hatten Poloschläger vom Müllplatz hinter dem Clubhaus aus Kolonialzeiten dabei. Andere hatten Werkzeuge, Steine und Ziegel mitgebracht, auch Schrottteile, die ein gewisses Gewicht oder eine scharfe Kante hatten.

Das vereinbarte Ziel war die Statue am hinteren Ende des Platzes. Fünf Meter hoch und aus schwarzem Marmor geschlagen, stellte sie den Kopf des Diktators und einen Teil seines Oberkörpers dar. Zum Ausgleich für den monumentalen Schädel waren Schultern und Schildmütze unnatürlich breit. Trotzdem idealisierte die Statue ihn, zeigte einen jüngeren, dünneren Mann. Denn in Wirklichkeit war er fett, hatte Hängebacken und so viele Kinne, dass die Leute ihn hinter seinem Rücken Ochsenfrosch nannten.

Die Demonstranten kannten die Statue, sie waren schon oft vor ihr her oder in Sichtweite daran vorbeigegangen, an diesem Ding, das sie unaufhörlich beobachtete, das ihre

Gedanken und Taten zu kennen schien. Es war das Gesicht der Tyrannei, ein Monstrum, das sie verfolgte, das sie jagte, sie zum Tode verurteilte. Aber jetzt war die Zeit gekommen, Bücher, Versammlungen und Reden zu vergessen. Sie würden handeln. Sie würden den Kopf vom Podest stürzen, das Monstrum zu Fall bringen. Jetzt war die Zeit reif für Gewalt. Alles andere würde sich finden.

»Rübe runter!«, schrien sie. »Rübe runter.«

Inmitten des Tumults konnte Samuel seine eigene Stimme nicht mehr hören, so laut war das Gebrüll um ihn herum. Obwohl er den Mund aufriss, brachte er keinen Laut hervor. Trotzdem schrie er weiter, als kämen alle Stimmen nur aus seiner Lunge. Die Stimmen, die alles übertönten, sie repräsentierten so viel mehr als die People's Faction und ihre Mitglieder. Sicher waren mehr als eine Million Menschen gekommen. Sicher war das ganze Land da. Alle Menschen, jeder Einzelne, alle marschierten, um den Diktator zu stürzen.

In der Ferne knatterte Gewehrfeuer, aber Samuel hatte keine Angst. Die Demonstration war nicht mehr aufzuhalten, diese Flut aus Männern und Frauen, die sich nie wieder würden vorschreiben lassen, wie sie zu leben hatten. Sie kannten keine Angst mehr. Nur noch Stärke.

Erst später, im ersten Verhörraum, erfuhr er, dass nicht viele mitmarschiert waren, kaum mehr als zweitausend Teilnehmer. Obwohl Hunderte gestorben und noch mehr verhaftet worden waren, hatte die Demonstration nicht groß für Aufsehen gesorgt. Sie war wirkungslos verpufft. Weder in der lokalen noch in der internationalen Presse war darüber berichtet worden. Schon bald war sie nicht einmal mehr ein Mythos, sondern nur noch ein fast vergessenes Gerücht, zu verblasst, um weitererzählt zu werden.

Dabei hatten sie sich unbesiegbar gefühlt. Sie wussten ja nicht, dass sie nicht viel mehr als eine Handvoll waren. Der Angriff auf die Statue fiel heftig aus. Samuel drosch mit dem Schläger auf sie ein. Die anderen benutzten ebenfalls die Waffen, die sie mitgebracht hatten. Als Merias Besenstiel zerbrach, stach sie mit dem zersplitterten Ende auf den Kragen der Statue ein und schrie: »Jetzt, jetzt, jetzt!« Bald darauf zersprang der Schläger in Samuels Händen in zwei Teile. Er schleuderte sie weg und kletterte an dem glatten Gesicht des Diktators empor, zog sich an den Lippen und dem staubigen Kinngrübchen hoch. Oben trommelte Samuel mit bloßen Fäusten auf die Wange ein. Die Statue musste stürzen. Dafür würde er sorgen.

Einige Demonstranten standen auf der flachen Mütze, einer hockte auf dem Mützenschirm. Rechts und links hingen Leute aus den Ohrlöchern des Diktators, und neben Samuel biss ein Mädchen in einen Nasenflügel. Die Menschen auf dem Boden versuchten verzweifelt, den Kopf zu packen zu bekommen. Viele Demonstranten aus den hinteren Reihen, die zu weit entfernt waren, um die Statue anzufassen, machten ihrem Unmut dadurch Luft, dass sie mit Gegenständen warfen, ohne Rücksicht auf mögliche Verluste in den eigenen Reihen. Es flogen Flaschen und Schuhe, Schraubenschlüssel, Obst, Scheiße und Steine. Ein Mann, der auf der Mütze stand, wurde getroffen und fiel auf die dicht gedrängte Menge, wurde sekundenlang von den Menschen getragen, bevor man ihn bemerkte und ihm herunterhalf. Aber die Statue wankte und wich nicht.

Dann waren auf einmal Soldaten da, und alles stob auseinander. Schüsse fielen. Die Demonstranten wurden mit Knüppeln angegriffen, niedergeprügelt, niedergetrampelt. Schreiend brachen sie zusammen, über das Kopfsteinpflaster lief Blut. Samuel konnte es nicht fassen – der Kopf war doch noch gar nicht umgestürzt. Solange er stand, konnte man sie nicht angreifen. Inzwischen hatte er sich irgendwo eine Axt gegriffen. Er stand nicht mehr auf der Oberlippe, sondern neben dem Hals und hackte mit dem Werkzeug auf die Schulter ein. Die Demonstrierenden wurden von den Soldaten auf dem Platz eingekesselt. Von oben konnte Samuel sehen, wie die Uniformierten einen Kreis bildeten, mit ruhiger Hand zielten und feuerten, während sich die Menschen immer dichter zusammendrängten, bis es vor den Gewehren und Schlagstöcken kein Entrinnen mehr gab. Aber ihn würden sie nicht so leicht in die Finger bekommen. Nie und nimmer. »Ich fürchte die Gewalt nicht!«, schrie er, sprang von der Statue und einem Soldaten in den Rücken. »Das Land ist mein!«

Der Soldat ging zu Boden, aneinandergeklammert wälzten sie sich über das Pflaster. Aber Samuel war stärker, es gelang ihm, sich dem Mann auf die Brust zu setzen und seine Arme mit den Knien niederzudrücken. Er packte ihn an der Kehle und drückte zu. Sein Gegner würgte und prustete, bis sein Gesicht anschwoll und rot anlief. Samuel schoss der

Gedanke durch den Kopf, dass der andere der Soldat war, der ihn damals erniedrigt hatte. Er drückte fester und immer fester zu, so lange, bis er sich sicher war, dass etwas zerbrechen musste, denn für ihn ging es bei dieser Tat nicht nur um die Auslöschung des Mannes, sondern um das Ende aller Demütigungen, die er jemals erlitten hatte, um die Vernichtung aller Männer und Frauen, die ihn jemals verspottet hatten. Samuel wurde es schwarz vor Augen, er bekam keine Luft mehr. Der Soldat war dem Tode geweiht. Irgendwo – ganz in der Nähe oder in seiner Erinnerung? – hörte er den Schrei: »Gewalt und Blut!« Er stemmte sich mit den Knien auf die Arme, drückte zu, bis sich die Lippen des Mannes blau verfärbten und ihm Schaum aus den Mundwinkeln quoll.

Samuel ließ los. Er konnte es nicht ertragen – den Blick im Gesicht des Soldaten, das Gesicht vor seinen Augen. Es war zu viel für ihn – der Hals zwischen seinen Händen, der weit aufgerissene, blubbernde Mund, die verzweifelten Versuche des Mannes, sich in seine Beine zu krallen. Er ließ ihn los und stieg von ihm herunter. Schwer nach Atem ringend, öffnete der Soldat die Augen. Samuel hatte ihn nicht getötet. Der Mann hatte überlebt.

Samuel machte sich auf den Weg zum Nordende der Insel. Er ging einen Umweg, damit der Mann ihn nicht sah, damit er nicht erriet, wo er gewesen war und was er versteckt hatte. An dem morschen Anlegesteg hatte sich eine Plastiktüte um einen der Holzpfosten geschlungen. Normalerweise hätte Samuel sie mit einem Stock losgemacht, aber heute ließ er sie hängen, nass, wie sie war, obwohl sie da nicht hingehörte. Es kam ihm so vor, als wäre es hundert Jahre her, seit er hier zuletzt nach dem Rechten gesehen hatte. Ein Jahrhundert, in dem sich sein Alter verdreifacht, vervierfacht hatte. Er war jetzt älter, sehr alt. Noch nie war ein Mann so alt gewesen. Sein ganzer Körper schmerzte, die Knochen taten ihm weh. Ihm dröhnte der Kopf, wenn er an etwas anderes als an sein Zuhause und an sein Bett dachte. Nichts war mehr greifbar, alles ein Traum. Es war kein anderer Mensch auf der Insel. Niemand außer ihm selbst. Er war allein.

Dabei wusste er, dass das nicht stimmte. Er nagelte den Mann doch wieder in seinen Gedanken fest, zwang ihn in sein Gedächtnis. Die Gefahr, die von ihm ausging. Konnte er dem Tod zwei Wochen lang entrinnen, bis das Versorgungsschiff zurückkam? Konnte er zum Steg fliehen, sie anflehen, ihn an Bord zu nehmen, sie antreiben, den Motor schneller zu starten, sofort wieder abzulegen, sich zu beeilen? Die Insel, den Turm, das Haus, die Mauer und sein Gemüse. Das alles würde er zurücklassen, das alles würde sich der andere Mann aneignen, sich zum Herrscher darüber aufschwingen. Das Wucherkraut würde wieder die Oberhand gewinnen. Die Gebäude, der Garten, das Land, alles würde zuwachsen. Die Steinmauer würde einstürzen, während das Meer immer weiter vordrang, immer mehr von der Insel wegriss und mitnahm, bis nichts von ihr übrig war.

Das durfte er nicht zulassen. Er würde sein Land nicht aufgeben; er würde nicht gehen. Niemals. Das Land war sein, auf ewig.

Er ging nach Hause: Die Tür stand noch immer offen. Der Wind frischte auf, er hatte das Gras platt geweht. Die Seiten der Illustrierten, die auf dem Couchtisch und dem Bücherschrank lagen, flatterten. Ihm war klar, dass er noch einmal zurück in den Garten musste, um nachzusehen, ob die Pflanzen auch fest genug angebunden waren. Er musste retten, was noch zu retten war, bevor der Wind seine Ernte von den Stängeln rüttelte, sodass Obst und Gemüse Druckstellen bekamen, wenn sie auf der Erde landeten, und vom aufziehenden Sturm beschädigt wurden.

Ob er vorher noch genug Zeit für eine Tasse Tee hatte? Mit viel Zucker, weil er nach den Anstrengungen des Tages keine Energie mehr hatte. Eine Scheibe Brot, eine Tasse Tee und dann wieder ab nach draußen. Ja, genauso würde er es machen. Aber dann hörte er es in der Küche plätschern; ohne Rücksicht auf die begrenzten Vorräte im Regentank lief das Wasser aus dem Hahn. Nachdem er durch die Tür getreten war, blieb er stehen: Auf dem Tisch türmte sich frisch gewaschenes Gemüse. Der Mann stand an der Spüle. Überall war Wasser, auf dem Schrank, auf dem Tisch, dunkle Stellen auf dem zementgrauen Boden.

»Was machst du da?«, fragte Samuel.

Der Mann sah lächelnd hoch und winkte ihm mit der linken Hand, sodass er noch mehr Tropfen auf den Boden spritzte, während das Wasser lief und lief.

Samuel ging hinüber, drehte den Hahn zu und fing an, mit dem zerschlissenen braunen Geschirrtuch den Schrank trocken zu wischen. Der Mann sagte etwas mit erhobener Stimme. Er zeigte erst auf den Gemüseberg und dann auf sich. Samuel schnalzte mit der Zunge. Der Mann hatte zu viel gepflückt. Nicht alles war schon erntereif. Manches hätte man gut noch einen, zwei Tage länger hängen lassen können, dachte er. Dass ein Sturm drohte, hatte er im Moment ganz vergessen. Während er sich auf den Boden kniete, um die Pfützen aufzuwischen, redete der Mann weiter auf ihn ein, holte den Topf aus dem Schrank und öffnete die Besteckschublade, so selbstverständlich, als wäre er der Herr im Haus. Er nahm das Messer heraus.

Samuel dachte nicht mehr an die Drohung vom Vorabend, ihm die Kehle durchzuschneiden. Er dachte nur noch an das Wort, das er unten in der steinernen Hütte ausgesprochen hatte – Gewalt. Auch wenn das Wort, das er jetzt laut sagte, ein vollkommen anderes war: »Meins.« Er rappelte sich aus dem Knien hoch. Mit einem zweiten »Meins«

riss er dem anderen das Messer aus der Hand. »Meins, meins, meins!«

Der Mann schrie auf und warf beide Hände hoch. Samuel reckte ihm das Messer entgegen. Der Mann wich Schritt um Schritt zurück, bis zur Haustür, Samuel immer hinterher. Als der andere über die Schwelle war, knallte er die Tür zu und brüllte: »Sie bleibt zu! Von jetzt an bleibt sie zu!«

Er ging wieder in die Küche, holte das alte Schneidebrett heraus und kümmerte sich um das Gemüse. Während er es grob zerhackte, sah er das Messer bei jedem Schnitt in den Körper des Mannes eindringen und ihn erledigen.

Wenn ihm seine Nichte und sein Neffe am Abend die Tür nicht aufmachten, hockte Samuel sich nicht immer ins Treppenhaus und wartete auf Mary Martha. Manchmal machte er sich auf seinen müden Beinen auch wieder auf den Weg in die Stadt und wanderte durch die Straßen, so wie damals, vor vielen Jahren, nach der Ausmerzung. Er streifte durch seine alten Viertel, suchte nach Orten aus seiner Jugend, Orten der Erinnerung.

Das Kino, in dem man ihm den Spitznamen »Amerikaner« verpasst hatte, gab es nicht mehr. An der Stelle stand jetzt eine rund um die Uhr geöffnete Tankstelle mit hell erleuchtetem Shop, wo man gekühlte Getränke und Chips kaufen konnte. Die Angestellten trugen rot-gelbe Uniformen und pfiffen vor sich hin, während sie die Wagen betankten, die Windschutzscheiben putzten. Auf der gegenüberliegenden Straßenseite erhob sich ein Parkhaus, daneben, in einem Teil des ehemaligen Stadtparks, war ein weiteres Gebäude noch im Bau. Während Samuel mit in den Nacken gelegtem Kopf daran hochsah, kam der Nachtwächter aus seinem Häuschen und sagte: »Klasse, was?«

»Was wird das?«

»Eine Shoppingmall, das ist so was wie ein Einkaufszentrum. Mit Geschäften auf vier Etagen, eine davon nur für

Lebensmittel und Restaurants und so, auf einer soll es eine Eisbahn und einen Indoorspielplatz geben, und die oberste Etage, die ist für die Prominenten, für die schicken Leute, die ihre Hubschrauber auf dem Dach parken.«

»Hubschrauber?«

»Der Kasten wird von irgend so einem Scheich gebaut, aus dem Nahen Osten. Wenn er fertig ist, soll er innen und außen golden gestrichen werden. Da brauchen die Leute eine Sonnenbrille, wenn sie nur in seine Nähe kommen.«

»Und der Park?«

»Tja, traurige Sache. Stimmt. Aber ein bisschen was ist ja noch übrig davon. Und der Bau hat uns jede Menge Arbeitsplätze gebracht. Also genau das, was das Land jetzt braucht. Und jetzt kommen auch die Investoren, seit sich bei uns … na, seit sich bei uns so viel verändert hat. Politisch, meine ich. Seit wir den anderen Mist hinter uns haben.«

»Ja, verstehe.«

»Sag mal, suchst du vielleicht einen Job? Nichts für ungut, aber du siehst mir ein bisschen so aus, als ob du einen gebrauchen könntest. Wenn du willst, lege ich ein gutes Wort für dich ein. Nach der Eröffnung brauchen sie auf jeden Fall Putzkräfte.«

»Hier?«

»Wo sonst?« Er lachte, aber als er sah, mit welchem Blick Samuel das Gebäude musterte, fuhr er freundlich fort: »Bist du zum ersten Mal in der Stadt, mein Freund?«

»Nein, ich bin hier ganz in der Nähe aufgewachsen. Aber ich war lange weg.«

»Ach«, sagte der Mann. Er hörte auf zu lächeln. »Sag bloß, du bist einer von denen? Die sie aus dem Gefängnis entlassen haben?«

»Ja. So einer bin ich.«

»Also, was den Job angeht … Ich glaube, die wollen hier keinen Ärger. Das ist ein nobler Laden. Da wollen sie keinen Ärger und keine Scherereien und so.«

»Nein, ist schon klar.«

»Wir haben heute andere Zeiten. Alles friedlich. Wir wollen nur noch unsere Ruhe haben. Keinen Ärger mehr. Alles ist gut so, wie es ist.«

»Keine Bange. Ich will ja auch keinen Ärger. Du brauchst dir keinen Kopf zu machen. Danke dir. Ich bin schon weg.«

Obwohl so viele Jahre ins Land gegangen waren, stand es um den Slum kein bisschen besser als früher. Er war sogar noch größer geworden und weit in die umliegenden Viertel hineingewuchert. Überall auf den Straßen standen Hütten, und Samuel erkannte nichts von früher wieder. Das Mietshaus, wo er mit seinen Eltern gewohnt hatte, war über und über mit Graffiti beschmiert und hatte fast keine Fenster mehr. Zwischen den Häusern und Hütten türmte sich der Müll. Man konnte keinen Schritt tun, ohne hineinzutreten.

Beklommen suchte Samuel sich einen Weg durch den Gestank und den Krach. Obwohl er viele Jahre weggesperrt gewesen war, hatte sich die Welt außerhalb des Gefängnisses für ihn nicht verändert. Sein Sohn war ein Baby, seine Schwester ein Teenager, die Wohnung die alte, und alle lebten noch. In seinen Gedanken war es auf den Straßen genauso gefährlich wie damals, und die Menschen hasteten aus Angst vor den Soldaten mit eingezogenem Kopf von A nach B. Aber in der Stadt, in der er sich heute wiederfand, war ihm alles fremd. Die Motorräder und die Autos, die unvorstellbar vielen Autos, die Nachtmärkte und die Verkaufsstände und dass man nach Einbruch der Dunkelheit noch etwas trinken gehen konnte. Die Freiheit begegnete Samuel als etwas, wovor er Angst haben musste. Er bewegte sich wie auf Eiern, hielt Augen und Ohren offen, jeden Augenblick darauf gefasst, in einen Gewehrlauf zu blicken, irgendeines Vergehens beschuldigt und in den Palast zurückgeschleppt zu werden und nicht mehr lebendig herauszukommen. Aber es gab keine Soldaten. Sie waren fort. Alle Beschränkungen waren aufgehoben.

Der Diktator allerdings war nicht völlig von der Bildfläche verschwunden. In den ärmsten Stadtteilen klebte er auf verrosteten Plakatwänden, die Poster so verblasst und altersmorsch, dass er nicht mehr als ein Umriss war, ein Fetzen Papier. Aber Samuel erinnerte sich genau, welches Bild die Wände früher gezeigt hatten, den Mann mit den runden, lächelnden Zügen, im Gesicht den Ausdruck väterlicher Liebe, von Befehlsgewalt und Allwissenheit. Er erinnerte sich an die Loyalitäts- und Ergebenheitsappelle. An das große Gesicht überall in der Stadt, die alles sehenden Augen. Weil es als Hochverrat galt, sich an den Plakaten zu vergreifen, rührte niemand sie an, bis heute nicht, obwohl einem nichts mehr passieren konnte, obwohl alles andere sonst beschmiert und besudelt zu sein schien.

Aus Schuld und Scham mied Samuel andere Erinnerungsorte. Undenkbar, dass er in die Kneipe ging, wo er die Genossen kennengelernt hatte, zu dem Häuserblock, wo Meria gewohnt hatte, oder zu dem Graben, wo sie einmal miteinander geschlafen hatten und er sich an der Ziegelwand die Knie aufgeschürft hatte, während sie die ganze Zeit »Schneller, mach voran, beeil dich!« gezischelt hatte. Am allerwenigsten wollte er noch einmal auf den Stadtplatz. Die riesige Statue war nicht mehr da, das wusste er, sie war kurz nach dem Tod des Diktators abgebaut worden, nachdem er zuletzt doch noch dem Gift erlegen war, das seine Berater ihm wochenlang eingeflößt hatten. Da war er schon ein alter Mann mit krankhaftem Verfolgungswahn gewesen. Obwohl hinter seinem Rücken über eine mögliche Demenz und beginnenden Schwachsinn getuschelt wurde, war und blieb er körperlich stark und unverwüstlich, er siechte dahin, aber er starb nicht, und man musste immer damit rechnen, dass sich sein Gesundheitszustand besserte und er sich vom Krankenlager wieder erhob.

Auch wenn die Statue nicht mehr da war, verspürte Samuel nicht den leisesten Wunsch, an den Ort seines Scheiterns zurückzukehren. Was wäre gewesen, wenn er den Soldaten getötet und den Mut besessen hätte, ihm endgültig die Luft abzudrücken oder nach einer herumliegenden Waffe zu greifen und ihn bewusstlos zu schlagen? Vielleicht wäre er entkommen. Er wäre ein freier Mann gewesen, ein Mann mit Familie. Ein besserer Mensch als der verängstigte Spitzel, der die Mutter seines Kindes verriet. Jemand, der einen Sohn großgezogen und mit seinen Enkeln gespielt hätte. Das waren die Fragen, die Samuel sich stellte, während er nachts durch die Straßen wanderte. Was aus ihm hätte werden können, wenn er mutiger gewesen und vor einem Mord nicht zurückgeschreckt wäre.

Als am Nachmittag der Himmel aufriss und der Sturm losbrach, war der Mann noch nicht wieder zurück. Samuel hatte das Haus in der Zwischenzeit zweimal verlassen. Bei den ersten Regentropfen hatte er die Hühner in die Ställe gebracht und später dann nachgesehen, ob das Leuchtfeuer einwandfrei funktionierte. Da goss es bereits in Strömen, und vom Turm aus sah der Himmel einheitlich grau aus. Wohin der Mann gegangen sein mochte, ließ sich nicht sagen.

Samuel stand lange am Fenster und dachte an die Frau, die halb nackt in der Hütte lag. Sie war noch klamm vom Meerwasser gewesen, als er sie dorthin geschleift hatte. Er hätte sie abtrocknen, eine Decke mitnehmen müssen, um sie zuzudecken. Er durfte gar nicht daran denken, wie sie da auf dem Boden lag, im Regen, der durch die eingestürzten Wände und die Decke kam und sich zu Pfützen sammelte, die sie womöglich verschluckten und in sie eindrangen, sodass sie verfaulen würde.

Das Haus war leer, als er zurückkam, keine Spur von dem Mann. Samuel rührte in dem Eintopf, der auf dem Herd stand, und überzeugte sich, dass die Fenster geschlossen waren. Er drückte ein Handtuch auf eine Ritze im Wohnzimmerfenster, wo der Regen eindrang, und stellte im

Schlafzimmer einen Eimer auf, weil es durch die Decke tropfte. Als der Eintopf fertig war, aß er nichts. Er kochte Wasser. Er setzte sich auf die Couch, die Hände auf den Oberschenkeln. Er sah sich das Glas mit den Knopfblumen an, das auf dem Tisch stand.

Als es später an der Tür klopfte, machte er auf und zog den pitschnassen Mann zu sich in die Diele.

»Du brauchtest nicht so wegzurennen«, sagte er. »Ich bin ein alter Mann. Wem hätte ich jemals etwas getan?«

Obwohl er sich bei seinen Wanderungen hauptsächlich auf die Slums und Straßen seiner Kindheit beschränkte, ging er manchmal sogar bis zum Hafen. In einer solchen Nacht kam er an einer Frau vorbei, die an der Wand der Fischkonservenfabrik lehnte. Sie rief ihm zu: »Na, Süßer, wie wär's mit uns? Komm zu Muttern, kriegst eine Kostprobe.« Auf dem Hafengelände waren Prostituierte nicht gerade ein ungewohnter Anblick. Sie warteten auf Fischer, die von einer erfolgreichen Fangfahrt heimkehrten, oder auf ausländische Matrosen, die Landgang hatten. Samuel warf der Frau nur einen Blick zu und schüttelte den Kopf. Normalerweise wäre er einfach weitergegangen, aber irgendetwas an ihr kam ihm bekannt vor.

»Meria?«, sagte er.

»Wer bist du?« Sie spähte mit zusammengekniffenen Augen ins Dunkel. Als er sich ihr langsam näherte, machte sie ein überraschtes Gesicht, dann lachte sie. »Mein Gott, gibt's dich auch noch, Anzug? Ich dachte, du wärst schon seit Ewigkeiten tot.«

»Nein, ich lebe noch.«

Sie war fülliger geworden, seit er sie zuletzt gesehen hatte. Das kurze Kleid spannte sich knalleng um ihren drallen Körper, die Brüste quollen aus dem Ausschnitt. Ihr Gesicht war hart und hässlich geworden, die Augen hatte sie zu Schlitzen zusammengekniffen. Sie trug eine billige Perücke. Weil sie ein paar Zahnlücken hatte, redete sie mit einem leichten Lispeln.

»Bist du auch gerade erst aus dem Knast gekommen?«, fragte er.

»Ach was, ich hab überhaupt nicht gesessen.«

»Nein? Die haben dich nicht erwischt? Auch später nicht?«

Sie zuckte mit den Schultern. »Was soll ich sagen? Ich bin clever. Ich bin ihnen entwischt.«

»Und wie ist es dir ergangen?«

»Was denkst du? Wonach sieht's denn aus, wie es mir ergangen ist, hä?«

»Entschuldige, ich dachte bloß …«

»Immer noch ganz der Alte. Du änderst dich nie, was? Hast du 'ne Kippe für mich, Anzug?«

Er schüttelte den Kopf. »Du hast dich nie bei meinen Eltern oder bei Mary Martha blicken lassen. Sie sagt, sie hat dich nach der Demo nie wiedergesehen.«

»Na und?«

»Du hast Lesi im Stich gelassen, das kleine Würmchen. Und du hast ihn nicht zu dir genommen. Deswegen dachten wir alle, dass du tot bist, weil du dich nicht um ihn gekümmert hast.«

»Tja, da habt ihr falschgelegen. Ich bin immer noch gesund und munter.«

»Wolltest du denn gar nicht wissen, was aus mir geworden ist?«

Schweigend versuchte sie, sich fester in ihr kleines Jäckchen zu wickeln. Sie fröstelte.

»Lesi ist gestorben«, sagte er.

»Hab ich gehört.«

»Das scheint dir ja nicht viel auszumachen.«

»Ach, Scheiße, Anzug. Das ist doch alles eine Ewigkeit her. Ich habe heute andere Probleme. Da kann ich mir die alten Storys nicht auch noch aufbürden. Außerdem war er sowieso mehr dein Kind als meins. Es ist besser, dass er tot ist. Es wäre sowieso nichts aus ihm geworden.«

»Für dich bin ich ein Nichts.« Er hielt ihr drohend den Zeigefinger unter die Nase. »Schon immer. Aber guck dich mal selber an. Was bist du denn schon, Meria? Eine abgewrackte Hafennutte.«

»Nimm deinen verfluchten Finger aus meinem Gesicht«, fuhr sie ihn an. »Wofür soll ich mich schämen? Ich habe für mein Land gekämpft, und jetzt stehe ich hier an der Ecke. Und wenn schon! Was spielt das alles noch für eine Rolle?«

Samuel ließ die Hände sinken. Leise sagte er: »Und die anderen? Siehst du sie noch manchmal? Weißt du, was aus ihnen geworden ist?«

»Nee, das ist alles Schnee von gestern. Ich will da nichts mehr von wissen.«

»Na, wenn das so ist.« Er wandte sich zum Gehen. »Das war's dann wohl.«

»Sag mal.« Sie blickte sich verstohlen um. »Hast du Kohle? Du musst mir aushelfen. Ich habe Kinder durchzufüttern. Leih mir was, egal wie viel. Das schuldest du mir.«

Er gab ihr das bisschen Geld, das er bei sich hatte. Sie riss es ihm gierig aus der Hand, zählte es nach. »Scheiße, Anzug. Wenn du glaubst, ich lutsch dir für ’ne Handvoll Kleingeld den Schwanz, hast du dich geschnitten.«

»So war das gar nicht gemeint. Aber mehr habe ich nicht. Sonst würde ich’s dir geben.«

Sie musterte ihn von oben bis unten. »Das wär dir echt zuzutrauen. Du warst schon immer ein Waschlappen.«

Irgendwo wurde gelacht, raue Stimmen hallten durch die stille Nacht. Samuel und Meria sahen den Kai entlang. Ein Trüppchen Matrosen war im Anmarsch.

»Okay, Anzug, war toll, dich wiederzusehen, aber jetzt verzieh dich, ja? Ich muss heute Nacht noch ein paar Mäuse verdienen.«

»Klar. Pass auf dich auf.« Er ließ sie stehen.

Später ging er noch ein paarmal zum Hafen, mit Lebensmitteln und ein paar Münzen, die er zusammengebettelt hatte, aber er sah sie nie wieder. Er fragte die anderen Mädchen nach ihr. Sie schüttelten den Kopf, konnten ihm nicht weiterhelfen und wandten sich von ihm ab, diesem alten Kerl, der nach Armut stank.

Nachdem er vorher so gemein zu dem Mann gewesen war, behandelte er ihn jetzt besonders nett und betrieb einen Aufwand, der für ihn normalerweise nicht infrage gekommen wäre. Er brachte ihn ins Schlafzimmer und legte ihm auf dem Fußende des Betts frische Sachen und trockene Handtücher heraus. Danach holte er ihm den Eimer mit dem Wasser, das er extra warm gehalten hatte, aus der Küche und ging ins Wohnzimmer, damit der Mann sich ungestört waschen und umziehen konnte.

Als er, nach Seife und Wärme duftend, in den schlecht sitzenden Sachen herauskam, nahm Samuel ihn mit in die Küche, die vom Kochen schön warm war. Er gab ihm eine Tasse starken Tee mit so viel Zucker, dass der Löffel fast darin stehen konnte, und tat ihm einen Teller Essen auf. Er selbst nahm sich den angeschlagenen Teller aus der Spendenkiste vom Vortag.

Die beiden Männer aßen schweigend. Samuel ließ den anderen nicht aus den Augen. Von Zeit zu Zeit spreizte der die Finger, als ob sie steif wären, oder er schüttelte sich, wenn ihm ein Frösteln über den Rücken lief. Er aß langsamer als an den vergangenen Tagen, kaute das Essen gründlich durch. Den Blick hielt er auf den Teller gesenkt oder auf eine Stelle an der Wand hinter Samuel gerichtet.

Er machte keine Anstalten, etwas zu sagen. Er lächelte nicht.

Samuel schlug die Augen nieder, schob sich Essen auf den Löffel. Als er wieder hochsah, hatte der Mann den Kopf ein wenig gedreht, als hätte er etwas entdeckt. Es war das Messer, das am Rand des Küchenschranks lag, eine Armlänge entfernt. Samuel wandte sich dem Mann zu, suchte seinen Blick. Mit den Kiefern malmend, starrte der, ohne zu blinzeln, zurück.

Plötzlich stieß der Wind das kleine Küchenfenster auf. Erschrocken sprang Samuel auf, fasste hinter die Gardine und schloss es wieder. Er nutzte die Ablenkung, um schnell ein paar Sachen aufzuräumen: Er stellte den Topf in die Spüle, wischte den Schrank ab und legte das Messer näher an seinen Platz, um es im Notfall schneller erreichen zu können.

Als er sich wieder hinsetzte, sah er, dass irgendetwas mitten auf dem Tisch lag. Weil er etwas nachtblind war, musste er sich weit vorbeugen, um erkennen zu können, was es war. Nach und nach nahm die Form feste Umrisse an. Mit zitternden Fingern hielt er sich an der Tischkante fest. Es war der Schildkrötenpanzer aus der steinernen Hütte. Ein anderer konnte es nicht sein.

Der Mann hatte die Hütte gefunden, war hineingegangen, hatte die Leiche gesehen. Er wusste, dass Samuel sein Verbrechen entdeckt hatte.

Samuel hob vorsichtig den Blick. Der Mann nahm die Hand hoch, reckte den Zeigefinger. Samuel wartete wieder auf die Geste des Kehledurchschneidens, doch sie kam nicht. Diesmal legte der Mann den Finger auf den Mund, schürzte die Lippen und gab einen leisen Laut von sich: »Pst.«

Vierter Tag

Als Samuel aufwachte, hielt er immer noch das Messer umklammert. Hand und Arm waren steif. Nachdem er sich hingesetzt hatte, hob er ein paarmal die Schultern, um sie zu lockern. Er legte das Messer auf die Matratze und spreizte gähnend die Finger, tastete mit der Zunge im Mund herum, gähnte noch einmal.

Von draußen drangen vertraute Geräusche herein. Metall auf Stein, Schlag um Schlag in einem langsamen Rhythmus. Wahrscheinlich war er davon wach geworden. Er stand auf und ging zum Fenster, schob die Gardine beiseite: ein Stück Wand vom Toilettenhäuschen, nasses Gras und Steine, Möwen am Himmel. Er zog sich an, warf sich eilig die Sachen vom Vortag über, obwohl sie nach seinem Sprint durch den Regen zum Turm stellenweise noch etwas klamm waren. Er nahm das Messer wieder an sich, packte es fest mit feuchter Hand.

Im Wohnzimmer lag die Decke des Mannes ordentlich zusammengefaltet auf der Rückenlehne der Couch. Alle Vorhänge waren aufgezogen, und die Fenster standen ebenfalls einen Spaltbreit offen. Als er in der Diele stand, sah er, dass die Haustür geschlossen war. Der Mann hatte sich die Mahnung vom Vortag zu Herzen genommen. Samuel griff nach der Klinke. Die Tür klemmte, wie immer – und vor allem bei schlechtem Wetter. Er musste sich dagegenstemmen, an der Klinke rütteln und sie anheben, bevor die Tür nach innen aufging. Erst als sie auf ihn zuschwang, merkte er, dass der Schlüssel nicht steckte. Er benutzte ihn nie, und soweit er wusste, sperrte er auch gar nicht, aber er ließ ihn immer im Schloss, und jetzt war er weg. Der Mann hatte ihn mitgenommen. Jetzt war Samuel alles klar. Das war der endgültige Beweis. Dafür, dass er gefangen genommen werden sollte. Dass der Mann plante, ihn einzusperren und sich die Insel anzueignen.

Die Insel. Die Insel. Die Insel gehörte Samuel. Ihm ganz allein. Dafür hatte er unten in der Hütte Erde gegessen, er, der sie mit Geschick und Geduld gezähmt und zu dem gemacht hatte, was sie war. Er würde sie sich nicht wegnehmen lassen. Es wurde Zeit, sich zu wehren. Er hatte dem Mann genug Freundlichkeit erwiesen, ihm viel mehr geschenkt, als er von irgendwem sonst bekommen hätte. Er musste ihm sagen, was Sache war: dass er bleiben konnte, bis das Schiff zurückkam, aber keine Sekunde länger. Bis dahin durfte er auf der Couch schlafen, die Sachen anziehen, die Samuel ihm gab, und essen, was auf den Tisch kam. Es musste aufhören, dass er auf der Insel herumwanderte oder ins Schlafzimmer kam. Schluss mit Drohungen und brutalen Gesten, Schluss damit, dass er alles anfasste und an sich nahm. Wenn er nach den zwei Wochen abreiste, brauchte er sich nicht einzubilden, dass er irgendwann wieder zurückkommen würde. Er war auf Samuels Insel nicht willkommen.

Die Hühner pickten im Garten. Der Mann hatte sie herausgelassen und gefüttert. Auch die kleine rote Henne. Die kahle Brust und das kahle Hinterteil verschorft, die Haut fröstelig zusammengezogen, hockte sie mit geschlossenen Augen zu seinen Füßen. Vor dem Vorschlaghammer, den er schwang, schien sie sich nicht zu fürchten. Unter den schweren Schlägen brachen die Steine leicht auseinander. Schon türmten sich die Stücke zu einem kleinen Haufen.

Der Mann hatte den Hammer, ohne zu fragen, aus der Diele mitgenommen. Dazu Schuhe und einen breitkrempigen Schlapphut. Weil er die Schnürsenkel nicht zugebunden hatte, hingen sie herunter, nass und dick mit Sand verkrustet. Die nächsten fünf großen Steine lagen schon bereit. Die Schubkarre war nirgends zu sehen. Ob er die Steine auf den Armen hier heraufgeschleppt hatte, der dürre, stinkende Wilde? Konnte er tatsächlich in ein paar Stunden so viel geschafft haben wie Samuel sonst in Tagen?

Während der Mann einen Stein auf den Haufen warf, schoss Samuel die Frage durch den Kopf, wofür sie wohl gut sein sollten. Für die Reparatur der Mauer waren es zu viele. Viel zu viele. Da fiel ihm die Frau wieder ein und dass der Mann die Hütte und die Schildkröte gefunden hatte – und damit auch die Frau. Um sein Verbrechen zu vertuschen, wollte er sie bestimmt irgendwo auf der Insel einmauern. Aber auch dann waren es noch zu viele Steine. So viele brauchte man nicht für eine Leiche, jedenfalls nicht für eine Leiche von der Größe der Frau. Bei zwei Toten sähe die Sache anders aus, dann hätte Samuel es verstanden.

Samuel schloss die Augen, sah wieder das leere Türschloss vor sich, die Geste des Kehledurchschneidens, den Zeigefinger auf den Lippen. Die zweite Leiche sollte er selbst sein. Der Mann würde ihn im Haus einsperren, ihn hungern lassen und schlagen, bis er keine Lust mehr hatte, sich mit einem Gefangenen abzugeben, und ihm dann die Kehle aufschlitzen, dass das Blut über den verschossenen Teppich strömte und die Sandkörnchen schwarz färbte. Sie beide, die Frau und er selbst, würden in die Steinwand eingemauert werden und verrotten, bis ihre Körper zu Erde und die Sünden des Mannes Teil der Insel geworden waren.

Als der Mann von der Arbeit hochblickte und sich den Hut in den Nacken schob, merkte er, dass Samuel ihn beobachtete. Obwohl er stark schwitzte, hatte er T-Shirt und Pullover nicht ausgezogen. Er wischte sich mit dem Ärmel die Stirn ab. Auf der billigen Wolle hinterließ der Schweiß eine feuchtgraue Spur. Er ging freundlich auf Samuel zu, aber nur ein paar Schritte, dann blieb er stehen, denn er sah, dass Samuel das Messer in der Hand hielt. Er unterdrückte das Lächeln, das ihm schon fast auf den Lippen lag, und nahm mit beiden Händen den Vorschlaghammer hoch, quer über Bauch und Hüften. Er ging weiter.

Samuel hob die Hand mit dem Messer und reckte es ihm entgegen. Er hielt die Klinge schräg, damit sie deutlich zu sehen war.

Der Mann kam näher. Mit einem ruckartigen Kopfnicken deutete er auf das Messer und stellte mit seiner starken, harten Stimme eine Frage. Samuel ruckte ebenfalls mit dem

Kopf. »Du hältst mich für einen alten Trottel und denkst, ich weiß nicht, was du vorhast. Ich kenne dich. Ich weiß alles über dich. Dieser alte Trottel hier weiß, was du getan hast, und er weiß, was du noch vorhast.« Er zeigte mit dem Messer auf ihn. »Leg den Hammer weg. Ich werde dir die Insel nicht überlassen, hörst du? Leg den Hammer weg. Er gehört dir nicht. Nichts gehört dir.«

Der Mann blieb stocksteif stehen und starrte Samuel an. Der ging auf ihn zu. Er fuchtelte mit dem Messer. »Leg ihn weg«, sagte er. »Leg ihn weg, los.«

Der andere umklammerte den Hammer fester.

»Hörst du nicht? Du sollst ihn weglegen. Das hier ist mein Land. Ich lasse es mir nicht wegnehmen.«

Mit einem leisen Achselzucken wich der Mann einen Schritt zurück. Er hielt den Vorschlaghammer von sich und ließ ihn fallen. Mit hocherhobenen Händen zog er sich noch weiter zurück.

Eine Zeit lang verharrten sie so, die Blicke ineinander verhakt. Hinter ihnen gackerten die Hühner, scharrten im Dreck. Ein Kormoran landete auf der Mauer des Gemüsegartens, fuhr sich kurz mit dem Schnabel unter den Flügel und flog weiter.

Leise sagte der Mann ein paar Worte.

»Was redest du da? Du weißt doch, dass ich dich nicht verstehe. Was redest du?«

Als der andere einen Schritt auf ihn zumachte, stach Samuel mit dem Messer in die Luft. »Bleib, wo du bist. Ich warne dich. Ich bin bereit.«

Aber der Mann ging weiter, und er redete weiter leise auf ihn ein. Er schüttelte leicht den Kopf, verzog den Mund zu einem halben Lächeln. Mit jedem langsamen Schritt schleiften die schmutzigen Schnürsenkel durch den Sand, und die Schuhsohlen knirschten. Er sagte etwas, aber seine Worte hatten keinerlei Bedeutung. Trotzdem ließen sie Samuel innehalten. Er senkte den Blick und nahm das Messer in die andere Hand. Als er sich mit der Zunge über die Lippen fuhr, schmeckte er Schweiß. Jetzt wäre der Augenblick günstig gewesen, einen Satz nach vorn zu machen und dem Mann das Messer in den Bauch zu rammen. Aber er brachte es nicht fertig. Wieder war er der Mann auf dem Bürgersteig, der dem Soldaten Platz machte, der Mann auf der Demonstration, der den Klammergriff lockerte, um nicht zu töten. Er war Samuel. Ein Schwächling. Er ließ das Messer fallen, schrie wie ein Feigling, drehte sich um und hastete mit steifen Gliedern zum Haus zurück. Er drehte sich nicht um, um zu sehen, ob der Mann das Messer aufgehoben hatte, ob er ihn verfolgte.

Er fiel über die Schwelle. Seine Feigheit rauschte ihm laut in den Ohren. Er war geflohen, weggelaufen, hatte sich einem Mörder ausgeliefert, hatte ihm alles ausgeliefert, was er besaß. Das war sein Tod. Das war sein Tod.

Noch im Stürzen sah er ihn, den Haustürschlüssel. Er lag auf dem Teppich in der Diele. Er war nicht gestohlen, war die ganze Zeit da gewesen.

Erst Minuten später zog Samuel sich an der Wand hoch, um wieder auf die Beine zu kommen. Er war nicht schwer gestürzt, aber er bekam kaum Luft und hatte sich böse das Knie verdreht. Er lehnte sich an die Jacken, die an den Haken hingen, und atmete ein paarmal tief durch. Diesmal hatte ihm keiner ein Bein gestellt. Das wusste er. Er war von allein hingefallen. Konnte er mit Sicherheit sagen, dass bei dem anderen Sturz, vor dem Turm, jemand nachgeholfen hatte? Ob ihn nicht einfach seine müden Beine im Stich gelassen hatten? Er war alt, er hatte keine Kraft mehr in den Beinen. Dass der Mann etwas damit zu tun hatte, war alles nur Einbildung gewesen. Ohne den geringsten Beweis hatte Samuel sich in die Überzeugung hineingesteigert, dass der andere ein Verbrecher war. Was hatte er sich denn eigentlich zuschulden kommen lassen? Gar nichts. Samuel konnte ihm nichts Konkretes vorwerfen. Weder den Mord an der Frau noch Drohungen gegen sich selbst noch sonst etwas.

Er trommelte mit den Fingern an die Wand. Es ging ihm nicht gut – nein, gar nicht gut. Eine seltsame Unruhe durchströmte ihn, hell und scharf, und war schon im nächsten Augenblick wieder versiegt. Sie kam und ging, kam und ging – und erstarb. Er war müde. Todmüde. Nichts, nicht einmal das Helle, Scharfe, kam gegen die bleierne Erschöpfung des Alters an, die so schwer auf ihm lastete.

Draußen hatte der Mann sich wieder an die Arbeit gemacht. Samuel hörte das Klirren von Eisen auf Stein. Er hob den Schlüssel vom sandigen Teppich auf, steckte ihn wieder ins Schloss und warf einen Blick über die Schwelle. Obwohl es so aussah, als ob es bald wieder regnen wollte, ließ er die Tür offen. Das sollte der Mann gleich wenn er zurückkam sehen, als Allererstes.

Er ging in die Küche und räumte das Geschirr vom Vorabend ein, ließ sich Zeit damit, die seltsame, verstörende Spannung noch in den Armen. Er setzte Wasser auf, machte sich eine Tasse Tee und gönnte sich drei Löffel Zucker. Ohne das Messer blieb ihm nichts anderes übrig, als sich von dem Brotlaib, der auf dem Küchenschrank lag, ein Stück abzureißen. Weil das Brot so trocken war, dass es seinem Zahnfleisch wehtat, tunkte er es in den Tee. Eigentlich hätte er es braten sollen, zusammen mit Eiern und Tomaten, aber dafür reichte seine Kraft nicht.

Ob der Mann wohl etwas gegessen hatte? Es deutete nichts darauf hin, weder Krümel noch schmutziges Geschirr noch sonst etwas. Samuel überlegte kurz, ihm Tee und Brot nach draußen zu bringen, entschied sich aber dagegen. Ihm war klar, dass er sich anstrengen musste, netter zu sein, aber es fiel ihm schwer, die Engherzigkeit, Feindschaft und Angst, die er in den vergangenen Tagen in sich geschürt hatte, zu beenden. Es war nicht einfach für ihn mit seinem alten Körper, dem ihn dumpf beklemmenden Turm, der langen, langen Vergangenheit, die ihn hinabzog, in seinem Kopf ein Wirrwarr aus Falschheiten und Furcht.

Als er mit Essen und Trinken fertig war, wischte er den Küchenschrank ab, fegte sich die Krümel in die offene Hand und warf sie aus dem Fenster über der Spüle. Er ging nach nebenan, um das Wohnzimmer aufzuräumen, aber das war gar nicht nötig. Der Mann hatte alles ordentlich hinterlassen.

Etwas angespannt setzte er sich auf die Couch, vom An- und Abschwellen seiner inneren Unruhe gebeutelt. Ihm war schwindelig. Er konnte kaum noch klar denken, zuletzt gar nicht mehr. Alle Glieder taten ihm weh. Er schloss die Augen und erstarrte, die Stiche in seiner Seite wurden schärfer, fühlten sich an, als sägte ein Messer in ihm, ein Messer, ein Messer. Nach Luft schnappend, hielt er sich die Seite, den Arm. War das der Tod? Vielleicht roch er Rauch. Er war sich nicht sicher. Er krümmte sich zusammen, zog die Beine bis an den Bauch. Immer mehr schwand er dahin, dann war er fort. Es war nichts mehr von ihm übrig.

Es klang nach Werkzeugen, mit denen gearbeitet wurde. Und es roch seltsam. Ein klebrig-feuchter Geruch, der nicht zu den Geräuschen passte. Ein süßlicher Gestank nach Dünger, so stark, dass es ein Gefühl war, als verstopfte er ihm die Nasenlöcher. Samuel lag noch immer auf der Couch, auch wenn ihm der Schwindel und die Schmerzen vom Vormittag schon Wochen her zu sein schienen. Jemand – der Mann – hatte ihn zugedeckt, während er schlief. Trotzdem waren seine Hände und Füße kalt, sehr kalt, und sein Kopf fühlte sich heiß an.

Er machte die Augen auf. Der Mann kniete auf dem Boden. Er hatte den Couchtisch weggeschoben und Zeitungen ausgelegt, um den abgetretenen Teppich zu schonen. Der Videorekorder stand nicht mehr im Schrank, nur noch der Abdruck im Staub erinnerte dunkel an ihn.

Der Mistgeruch kam durch das offene Fenster, aber nicht nur, er hing auch an dem Mann. Er hatte braune Flecken auf dem Pullover, braune Flecken an den Knien. Wahrscheinlich hatte er den Dünger überall im Garten verteilt. Samuel war ihm dankbar; vor dieser Aufgabe hatte ihm sehr gegraut.

Der Mann sah lächelnd vom Videorekorder hoch. Er legte den Kopf auf die Seite und schob beide Hände darunter, das Symbol für Schlaf. Er lächelte noch einmal. Samuel nickte, erwiderte das Lächeln, zuckte mit den Schultern.

Der Mann hatte den Videorekorder auseinandergebaut und schraubte nun an den Eingeweiden herum. Er zeigte mit einem kleinen gelben Schraubenzieher darauf und sagte ein paar Worte. Dann machte er eine Geste, auf die Samuel nicht gefasst war. Er zeigte ihm die geballte Faust mit dem erhobenen Daumen, das Zeichen, dass alles in Ordnung war und gut lief. Diese Geste hatte Samuel noch nie bei ihm gesehen. Sie ließ bei ihm zum ersten Mal etwas Hoffnung aufkeimen. Denn sie verkörperte etwas Wertvolles – den Anfang einer Verständigung. Jetzt hatten sie eine Gemeinsamkeit, etwas Reales, das sich nicht aufs bloße Zeigen oder Vorführen beschränkte. Samuel rieb sich die Nase, dann erwiderte er die Geste, etwas unbeholfen, weil er die Finger nicht ganz biegen konnte. Lachend wiederholte der Mann das Zeichen.

Samuel hievte sich von der Couch, musste sich kurz an der Armlehne festhalten. Im Haus war es dunkel geworden, Gewitterwolken ballten sich am Himmel. Aus weiter Ferne war Donnergrollen zu hören. Samuel knipste dem Mann das Licht im Wohnzimmer an, damit er besser sehen konnte. Als er in die Küche kam, um dort ebenfalls Licht zu machen, lag zu seiner Überraschung das Messer auf dem Tisch. Als wäre es nie weg gewesen, als hätte es nie jemanden bedroht.

Er setzte Wasser auf, holte Tassen und Teebeutel aus dem Schrank. Dann griff er zögernd nach dem Messer; es kam ihm leichter vor, ein nutzloses Ding. Er begradigte damit den ausgefransten Brotlaib, von dem er vorher das Stück abgerissen hatte. Er schnitt zwei Scheiben herunter und strich mit der Rückseite eines Löffels, der noch in der Spüle lag, Margarine darauf. Legte dann die Scheiben in die Bratpfanne und wendete sie, bis beide Seiten goldbraun waren. Nachdem er Tee gemacht hatte, nahm er die warmen Scheiben in die eine und die beiden Tassen in die andere Hand und brachte sie ins Wohnzimmer. Er stellte dem Mann die Tasse und das Brot auf die Illustrierten, die auf dem Couchtisch lagen.

Der Mann war dabei, den Videorekorder an den Fernseher anzuschließen. Plötzlich ging der Bildschirm an, doch er zeigte nichts als aufflammende Punkte in Weiß, Schwarz und Grau. Aus den Lautsprechern drang statisches Rauschen. Der Mann schüttelte den Kopf und drückte schnell auf einen Knopf am Fernseher, bis das Geräusch nachließ, schließlich ganz aufhörte und nur noch die Erinnerung daran laut hallend zwischen ihnen im Raum hing. Er rappelte sich vom Boden hoch und ging zu dem Bücherregal, in dem Samuel die Videos aufbewahrte. Er nahm eine Kassette heraus und stellte sie nach einem kurzen prüfenden Blick wieder zurück. Die nächste war mehr nach seinem Geschmack. Nachdem das Gerät die Kassette mit einem elektronischen Schmatzen verschluckt hatte, knisterte und knackte es ein paarmal, während sich die dunklen und hellen Pünktchen auf dem Schirm sekundenlang zu verzerrten Bildern verzogen. Doch dann – endlich – Farbe, eine Unterwasserwelt aus Fischen, Muscheln und Felsen. Der Mann drehte an den

Knöpfen herum, bis auch noch der Ton funktionierte. Eine Frauenstimme leierte den Begleittext herunter. Der Mann drehte sich um und fragte mit der gemeinsamen Geste, ob es laut genug war. Samuel nickte und antwortete seinerseits mit dem gereckten Daumen.

Die Männer machten es sich nebeneinander auf der Couch bequem und aßen und tranken, während sie sich den Dokumentarfilm ansahen. Vor ein paar Monaten, als der Videorekorder noch ging, hatte Samuel den Film schon einmal eingelegt, aber bereits nach wenigen Minuten das Interesse daran verloren. Es konnte anstrengend sein, sich für etwas zu begeistern, wenn man allein war. Viel leichter war es, ins Bett zu gehen, die Augen zu schließen und auf den Schlaf zu warten. Aber jetzt, mit dem Mann neben sich, der zustimmende und gespannte Geräusche von sich gab, merkte er plötzlich, wie sehr ihm die Aufnahmen von der Welt unter den Wellen gefielen.

Samuel hatte im Laufe der Jahre erkennen müssen, was für ein undankbarer Ort diese Insel war, wie schwer sich so etwas wie Zucht und Ordnung aufrechterhalten ließ. Die Pflanzen waren ihm feindlich gesonnen, stellenweise hart, stellenweise weich wie Asche. Sie verbreiteten sich, wie sie wollten, überwucherten, was sie wollten, und doch blieben immer auch öde Stellen übrig, wo das Land kahl und unnachgiebig war, eine Masse aus Sand und Fels. Auch die Küste folgte diesem Muster, die Felsen entweder ein Dschungel aus Seetang und Flechten oder aber nackt und kahl, abgesehen von Vogelkot und anhaftenden Muscheln. Darunter verrottende Algen, deren Stängel unter dem sich nur zögerlich hebenden Morgennebel in der Flut herumwedelten.

Als er auf die Insel gekommen war, fürchtete er das wogende Wasser mehr als alles andere – mehr als die Einsamkeit, mehr als das Land. Er hatte nichts gesagt, hatte so getan, als erfüllten ihn die Wellen und das unendliche Meer mit Ehrfurcht. Vielleicht war die Mauer, die stets einsturzgefährdete Mauer, sein Versuch gewesen, es auf Abstand zu halten, das Land und sich selbst vor seinem steten Anstürmen zu schützen. In der Woche während der sein Vorgänger ihm die Insel erklärt und die Funktionsweise des Leuchtturms gezeigt hatte, während der er mit ihm die Küsten und Strände abgegangen war und ihn vor den gefährlichen Stellen gewarnt hatte, war für Samuel nichts furchteinflößender gewesen als das Meer und sein nicht enden wollendes Anbranden. Ihm gefiel nicht, was es ihm an den Strand warf. Die Pflanzen ließen sich einigermaßen leicht bändigen, sogar das Wucherkraut, das alles erstickte. Was er gezähmt haben wollte, war das Meer.

Eines Nachts gegen Ende jener Woche hieß es plötzlich, er solle sich warm anziehen und mitkommen. Samuel borgte sich einen gestreiften Schal aus, der irgendwann einmal das Wappen eines Fußballvereins getragen hatte, eines Teams, von dem weder er selbst noch der andere ein Fan war. Schwitzend folgte er Joseph hinunter zu dem langen, schmalen Strand an der Nordküste, der über die von Wind und Regen glatt geschliffenen Steilfelsen nur schwer zu erreichen war. Der alte Mann leuchtete ihnen mit hocherhobener

Petroleumlampe den Weg. Ihr trübes Licht verwandelte alles, was es berührte, in Düsternis. Samuel konnte kaum Schritt halten, er stolperte oft, und einmal fiel er mit einem solchen Schrei hin, dass man ihn womöglich bis zum Festland und noch weiter hören konnte. Auf seinen Stock gestützt, schritt Joseph gleichmäßig aus, ohne zu straucheln. Den Stock hatte er selbst geschnitzt, als Knauf einen Ziegenkopf, das Maul und die Hörner vom jahrelangen Gebrauch stark abgenutzt. Samuel hatte das Gefühl, dass der Alte den Weg normalerweise im Dunkeln bewältigte und die Laterne nur seinem Nachfolger zuliebe mitgenommen hatte.

Über Felsen und durch Spalten ging es hinunter zum Kiesstrand. Als Joseph die Laterne löschte, blieb Samuel stehen und starrte blind in die Nacht. Irgendetwas bewegte sich da draußen. Etwas bewegte sich über den Strand, er konnte es hören. Bei dem Geräusch überlief es ihn kalt, und die Härchen auf seinen Armen stellten sich auf. Es klang wie das Klappern von Knochen.

»Normalerweise fange ich mir eine«, flüsterte der Alte. »Nur eine, mehr wären Verschwendung. Ein Mann kann sich tagelang davon ernähren. Ich koche sie und lege sie in die Kühlbox und esse so viel ich kann, bevor das Fleisch schlecht wird. Wenn es gekippt ist, kann man es nicht mehr essen. Dann kommt man eine Woche nicht mehr von der Kloschüssel runter.«

Samuel blinzelte. Er konnte die Bewegungen immer noch ausmachen, das seltsame Klacken von Knochen auf Stein hören. Er musste an Skelette denken, dass alle Toten und

Ertrunkenen der Welt hier ans Ufer gespült wurden. »Was ist das?«, fragte er.

»Was das ist? Hast du noch nie eine Krabbe gesehen? Die kommen jedes Jahr um diese Zeit, um sich zu paaren.«

Samuel spähte in die Nacht hinaus. Wenn das Krabben waren, so waren es die größten, die er je gesehen hatte. Weder in den Flüssen im Tal seiner Kindheit noch auf dem Markt in der Stadt hatte er jemals Geschöpfe von solcher Größe erblickt. Es war ein unheimlicher Marsch, mit winkenden weißen Scheren, die die Weibchen zur Paarung lockten. Hier und da lieferten sich die Männchen einen Zweikampf, wiegten sich, fest aneinandergeklammert, wie im Tanz. Wo mehrere Männchen ein Weibchen bestiegen, bildeten sich regelrechte Berge, die wie vielbeinige behäbige Ungeheuer aussahen. Die ersten Weibchen häuteten sich bereits und krochen aus ihren Panzern, das weiche Fleisch grau in der Nacht. Und um sie herum das Klack-Klack des Kampfgetümmels, das Geräusch brechender Glieder, zersplitternder Panzer.

»Nein!«, sagte er, als der alte Mann ihn stehen ließ und auf die gespenstischen Erscheinungen zuging. Joseph griff zu dem kleinen Beil, das in seinem Gürtel steckte, und schlug damit auf einen prallen Krabbenkörper ein. Das Krachen hallte laut über den Strand. Auch ohne Licht konnte Samuel die Risse im geborstenen Panzer sehen und die um sich dreschenden Glieder, als der Alte anfing, die Beine abzuhacken. Als er fertig war, nickte er Samuel zu: »Okay, jetzt bist du dran.«

»Wieso?«

»Wir sind zu zweit. Wir können zwei Krabben mitnehmen. Schnapp dir die große da drüben.«

Samuel rührte sich nicht, obwohl der Alte ihm das Beil hinhielt. »Los, mach schon. Beeil dich. Auf der Insel darfst du nicht zimperlich sein. So lebt man hier eben. Da, jetzt nimm.«

Er griff zu. Das Beil war nass, ein bisschen schleimig. Er nahm es in die andere Hand und schwang es einmal durch die Luft. Mit einem zweiten Probeschwung ging er auf ein Weibchen zu, das gerade aus dem Panzer kroch. Der Schlag, mit dem er das Tier traf, verursachte fast kein Geräusch, die Klinge traf auf nur geringen Widerstand. Sie fuhr glatt durch das Weibchen hindurch, bis in den Sand darunter. Er stolperte, konnte sich gerade noch fangen. Der Panzer stand noch, obwohl die Weichteile herausgefallen waren.

Danach folgte Samuel dem Alten zurück zum Haus. Jetzt trug er die Laterne und, wie ein Bündel nasses Feuerholz, die Beine der zwei Krabben.

In der Küche sah er genau zu, wie der Alte die Kreaturen zerlegte. Er brach die angeknacksten Panzer mit den bloßen Händen auf, zog das leuchtend weiße Fleisch Handvoll um Handvoll heraus und warf es in einen Topf mit kochendem Wasser. Nach wenigen Minuten fischte er es wieder heraus und warf die nächste Ladung hinein. Stundenlang machte er so weiter, bis sich auf dem Tisch die leeren Schalen türmten und die ganze Küche nach Meer roch.

Beim Zusehen fand Samuel sich in die Tiefe versetzt, aus der die Tiere hervorgekrochen waren, auf den Meeresgrund, wo kein Sonnenstrahl hinreichte, in die fremde Unterwasserwelt, aus der sie sich seit Generationen auf den Weg zur Insel machten. Vorbei an Felsen und Seetang, vorbei an Treibholz und Strandgut, die unbeholfenen Leiber gleichmäßig vorwärtsbewegend, eine zielstrebige Wanderung zum ewig selben Ort, seit Jahrhunderten unverändert. Manche Krabben waren bestimmt jahrzehntealt, von Furcht einflößender, albtraumhafter Größe und Kraft, gleichzeitig aber auch herrliche Geschöpfe, gottähnliche Herrscher über die Zeit, das Meer und das Land.

Bei aller Ehrfurcht nahm Samuel trotzdem etwas von dem Fleisch, das Joseph ihm anbot. Es war so zart, dass es sich fast so anfühlte, als atmete er es ein. Noch nie hatte er etwas so Weiches gekostet. Immer wieder griff er zu, schleckte sich noch beim Kauen die Finger ab und aß, bis die Sonne aufging und er mit vollem Mund einschlief.

Im folgenden Jahr war er ohne Furcht allein auf die Krabbenjagd gegangen. Und so hielt er es die nächsten vierzehn Jahre lang. Nie holte er sich mehr als das eine Tier, das ihm zustand. Trotzdem nahm die Zahl der Krabben ab. Jahr für Jahr kehrten immer weniger zurück, und irgendwann kamen gar keine mehr.

In den Jahren danach hatte er sich manchmal aus einem Felsentümpel Krabben gegriffen, die nur handtellergroß waren und die er im Ganzen kochte. Aber wenn er hineinbiss, um das Fleisch herauszusaugen, schmeckten sie nach grobem Sand, nach modrigen Algen, nach von der harten Sonne aufgeheizten Felsentiefen. Er sehnte sich nach den Ungeheuern der ersten Jahre, er wartete auf sie, er ging nachts zum Strand und rief sie im Mondlicht herbei.

Die Männer sahen fern. Die früheren Vorfälle waren vergessen. Keine Spur mehr von Boshaftigkeit, Angst oder Hass. Samuel hatte eine Decke über den Beinen, ein dunkles Kissen auf dem Schoß. Ihm war warm, er fühlte sich behaglich und sicher. Die Schmerzen vom Morgen waren abgeklungen, ihm war nicht mehr schwindelig im Kopf. Er empfand nur noch Zufriedenheit. In die Decke eingewickelt, den Mann neben sich, sank ihm der Kopf herunter, und die Augen fielen ihm zu. Er war wach, hörte den Sprecher des Dokumentarfilms und den Atem des Mannes, war jedoch gleichzeitig auch ganz woanders: in der Einzimmerwohnung der Eltern, seinen neugeborenen Sohn auf dem Schoß. Er wiegte Lesi hin und her, sah ihm in das kleine Gesichtchen, wie er blinzelte und gähnte. Sein Sohn. Sein Kind. Der kleine Junge, dessen erste Worte er nicht gehört hatte, dessen erstes Krabbeln, dessen erste Schritte er nicht gesehen hatte. Der all die langen Jahre ein Neugeborenes geblieben und nie größer geworden war, der nie irgendetwas anderes gemacht hatte, als zu blinzeln und zu gähnen. Blinzeln und gähnen.

Als Samuel die Augen aufmachte, sah er Lesi neben sich auf der Couch sitzen. Einen Lesi, der zum Mann herangewachsen war, der gekommen war, um seinem Vater im Alter zu helfen. Samuel legte die Hand auf die seines Sohnes. Tränen schnürten ihm die Kehle zu. Es gab so viel, was er sagen wollte. Was er seinem Kind sagen musste. Er drückte Lesis Hand. »Danke, dass du hier bist. Ich freue mich so. Ich bin froh, dass ich nicht mehr allein bin.«

Er wischte sich mit dem Ärmel über die Wangen, strich sich Tränen aus den Augen. »Ich freue mich so«, sagte er noch einmal. Sein Sohn, der neben ihm saß, lächelte und erwiderte den Händedruck. Lesi rückte ein Stück zur Seite, damit er seinem Vater den Arm um die Schultern legen konnte. Samuel nickte. Langsam sank er wieder in den Schlummer der Zufriedenheit und Wärme zurück. Als er mit schweren Augenlidern den Blick zu Lesi hob und etwas zu ihm sagen wollte, verschwamm das Gesicht seines Sohnes. Samuel blinzelte, und es verwandelte sich wieder in das des Mannes. Trotzdem sagte er ihm das, was ihm auf der Zunge gelegen hatte. »Ich war einsam ohne dich.«

Der Mann antwortete nicht. Er wandte sich plötzlich ab, nahm den Arm weg und setzte sich aufrecht hin. Lautes Gackern drang herein, von Hühnern, die zum Angriff übergingen. Und Samuel war wach, er wusste, was geschah, er verstand. Der Krach ließ die Männer von der Couch hochfahren. Der Mann war schon halb am Stall, bis Samuel auch nur die Haustür erreicht hatte.

Es nieselte leicht, und Samuel spähte blinzelnd in den Regen, während er hinter dem Mann herhinkte. Er wusste, was passiert war, und er fluchte leise vor sich hin. Die anderen Hühner attackierten die kleine rote Henne. Ein kreischendes Getümmel aus Federn und Krallen. Was hatte der Mann nur getan? Er hätte die Henne nicht rauslassen dürfen. Sie hätte geschützt werden müssen. Es war seine Schuld.

Inzwischen hatte der Mann den Kampfplatz erreicht. Er griff in das Hühnergewühl und hob die kleine alte Henne heraus. Sie blutete, ihre Brust war zerfetzt. Sie konnte einen Flügel nicht mehr anlegen. Rings um den Mann gackerten die anderen Hühner weiter, hackten halbherzig nach seinen Beinen. Er trat nach ihnen, machte Geräusche, um sie wegzuscheuchen.

»Lass die anderen, lass die anderen!«, rief Samuel. »Bring die Kleine rein! Wir müssen uns um sie kümmern.«

Aber der Mann hörte ihn nicht. Die alte rote Henne unter den Arm geklemmt, bewegte er sich nicht vom Fleck. Doch dann packte er blitzschnell zu und drehte ihr den Hals um. Er hob ihren toten Körper an den Füßen hoch, dass der Kopf nach unten baumelte, und zeigte auf seinen Mund. Er wollte sie essen.

Samuel vergaß, wie sehr ihn die Gesellschaft und die Hilfe des anderen getröstet hatten. Er vergaß seine Sehnsucht nach Lesi, dem Sohn, mit dem er sich die Insel hatte teilen wollen. Nichts davon war jetzt noch wichtig. Alles in ihm, was feige gewesen war, schlug in Wut um. Der alte Ruf nach Gewalt, der Ruf, an den er nie ganz geglaubt, den er nie völlig akzeptiert hatte, schwoll immer mehr in ihm an.

Er griff nach einem der Steine, die der Mann heute selbst gespalten hatte, und schlug ihn dem anderen mit der Kraft eines Menschen, der er noch nie gewesen war, an die Schläfe. Damit hatte der Mann nicht gerechnet. Mit fragend aufklaffendem Mund ging er zu Boden. Er ließ die kleine Henne fallen und blieb einen Augenblick neben ihr liegen, bevor er versuchte, sich wieder hochzustemmen. Doch schon kam der nächste Schlag, er hob den Arm, um sich zu schützen. Aber er konnte ihn nicht aufhalten, genauso wenig wie den nächsten und die anderen Schläge, die auf ihn niederprasselten, einer verheerender als der andere, bis sein Gesicht nur noch ein matschiger Brei war. An seiner linken Hand zuckte noch einmal ein Finger, dann erstarb auch diese Bewegung.

Samuel warf den Stein weg, wischte sich an seinem Pullover die Hände ab. Der Regen hatte aufgehört, und es sah so aus, als wollte der Himmel zum ersten Mal seit Tagen wieder blau werden. Er entfernte sich von der Leiche. Während er langsam zum Haus zurückging, konnte er nicht mehr aufhören, sich die Hände abzuwischen. Der Tote sollte ruhig fürs Erste dort liegen bleiben. Er würde ihn morgen ins Meer werfen, damit ihn die Wellen dahin zurücktrugen, woher er gekommen war.

Die Möwen schrien, die Wellen schlugen rauschend an den steinigen Strand. So würde es immer weitergehen, Ebbe und Flut in nicht enden wollender Abfolge. Und das Meer würde anschwemmen, was es wollte. Sollte es doch. Er trat über die Schwelle und zog die Haustür hinter sich zu.

DANKSAGUNG

Mein Dank gilt Juliano Paccez, Esmarie Jennings, André Krüger, Tochukwu Okafor und Robert Peett. Bedanken möchte ich mich aber vor allem auch bei der Miles Morland Foundation für das Stipendium, das mir die Arbeit an diesem Buch ermöglicht hat. Ich danke der Foundation nicht nur für die finanzielle Unterstützung, sondern auch für die Würde und den Respekt, der afrikanischen Autorinnen und Autoren vonseiten der Stiftung entgegengebracht wird.

Außerdem möchte ich noch anmerken, dass eine Frühfassung des Romans 2017 unter dem Titel »Keeping« in der Anthologie *Migrations* von Short Story Day Africa erschienen ist.